L'amore

Novelle

Federigo Tozzi

Texte et illustration de couverture : © domaine public
Edition : Culturea (Hérault, 34)
Contact : infos@culturea.fr
Retrouvez notre catalogue sur http://culturea.fr
Imprimé en Allemagne par Books on Demand
Design typographique : Derek Murphy
Layout : Reedsy (https://reedsy.com/)

Dépôt légal : janvier 2023

ISBN : 9791041843145

Campagna romana

Caro Cavacchioli,

tu mi chiedi qualche spunto autobiografico. Ti ringrazio sinceramente, ma non abbocco. Tutto al più, posso raccontare a te e a pochi lettori come ho passato a Roma la scorsa estate.

Torno, ormai, molto di rado in Toscana, e sempre per pochi giorni. Perciò, insieme con qualche amico, quando non piglio la bicicletta, cerco di respirare all'aria aperta e non mi lascio mai alloppiare dalla vita cittadina. Questa estate, andavamo a Maccarese: tra Roma e Civitavecchia. Bisognava alzarsi dal letto prima di giorno; e alla stazione di Termini, mentre compravamo il biglietto, vedevamo, alla luce ancora incerta, stormi di ragazze che invece sceglievano Ladispoli o Santa Marinella. Sartine, dattilografe, impiegate, passavano a coppie o a branchetti, di rado accompagnate dai parenti, portando in mano l'asciugatoio e la biancheria per il bagno. Ce ne erano di anemiche, ma anche di quelle bellocce o belle addirittura. E noi le seguivamo con gli occhi e con una voglia matta d'attaccare discorso e portarne due o tre con noi, di quelle più piacevoli e benevole.

Orio Vergani, allora, faceva sempre la proposta di distribuire, per la volta prossima, parecchi foglietti dove fosse stampato, a modo di pubblicità, che i bagni di Maccarese erano preferibili anche per la salute a quelli di qualunque altra spiaggia. E, intanto, da bel giovane che è, si ficcava in mezzo alle ragazze per capire se ce ne fossero disposte a farsi tenere compagnia.

Ma, saliti in treno, non ci si pensava più; ed era meglio. A scendere alla stazione di Maccarese eravamo noi soli, salvo qualche buttero; e, dopo aver bevuto un bicchierino di acquavite, che ci levava gli ultimi rimasugli del sonno, ci mettevamo in cammino.

L'aria era grossa da tagliarsi con il coltello, e la strada lunga. Ma noi prendevamo attraverso i campi, per una scorciatoia che si vedeva dalla stazione fino a una macchia dove s'interna; perché l'erba non fa in tempo a rinascervi, e la terra si spacca in un modo che a non stare attenti c'entrano i tacchi dentro. Le interminabili file degli olmi, più neri che verdi, s'incrociano da ogni parte; chiudendo in mezzo le paludi, dentro le quali i giunchi selvatici sono così fitti da non potercisi muovere. Finalmente, quando la stanchezza e il sudore cominciavano a dar noia e a scoraggiare, tra i ginepri enormi, si sentiva il tuono largo, quasi sinistro, del mare. Riprendevamo forza; e, barcollando su la rena troppo asciutta, che faceva inciampare e affondare fino ai polpacci delle gambe, andavamo avanti. Alla fine si vedeva il mare: una riga turchina e immobile che sembrava più alta di noi. L'aria si faceva respirabile; e ci guardavamo lietamente. Facendo a chi arrivava prima, andavamo sotto una specie di capanna tutta aperta, costruita con quattro sostegni di legno sorreggenti una copertura di frasche secche.

Io mi spogliavo subito, e mi piaceva sentire quel brivido ghiaccio su tutta la persona. Michele Abramich apriva i cartocci delle provviste e cavava fuori, da un tascapane militare, un uovo sodo per ciascuno. Io facevo con le mani una buca nella sabbia e vi mettevo dentro, fino alla bocca, i fiaschi del «Chianti». L'Abramich mi guardava ridendo, pronto, però, a sgridarmi se non facevo le cose per bene; e l'ultima manciatina di terra che ricopriva il «Chianti» al fresco, la dava sempre lui; perché nessuno lo avrebbe contentato.

Senza Michele Abramich, direttore del Museo di Aquileia, non sono mai andato a Maccarese. Con noi, oltre allo scultore Ercole Drei e a Orio Vergani, che è forse il più intelligente fra i suoi coetanei di vent'anni, è venuto una volta Stefano Pirandello. Il Drei si fidava un poco troppo dei suoi nervi romagnoli e la sera sghignazzava meno della mattina. Il Vergani non voleva rinunciare né meno la notte innanzi ai caffè e alle amanti; e il sole gli faceva girare subito la testa. Qualche volta, è venuto a caccia Alessandro Salvini; che per quel giorno non si ricordava di essere attore cinematografico e drammatico. Ma torniamo in carreggiata!

La spiaggia, completamente deserta, cominciava già ad essere calda; e le onde scintillavano. Io, completamente nudo, facevo una corsa di un mezzo chilometro, e poi tornavo addietro; e dicevano che assomigliavo a un fauno piuttosto grasso. L'Abramich aveva già messo insieme un mucchietto di fuscelli e di legni e li accendeva in modo che il fumo, portato dal vento sotto il riparo di frasche, ci assicurava di più che nessuna zanzara ci avrebbe punto regalandoci la malaria.

Ad una certa ora il sole faceva biancheggiare, quasi splendere addirittura, il caseggiato nuovo di Ladispoli; e le nebbie uscivano di fra gli olmi e la grande pineta solitaria, lunga fra i cinque e i sette chilometri. Reso sempre di più impaziente da quella meravigliosa solitudine, entravo nell'acqua. L'Abramich aspettava, scrupolosamente, che fossero le undici.

Dopo il bagno facevamo, per lo più affiancati insieme, un'altra corsa; che bastava ad asciugarci; e, poi, ci sdraiavamo in terra, per mangiare. E siccome l'appetito era sempre pronto, bisognava mandare giù i bocconi senza masticare troppo, perché si faceva a chi era più lesto. Prima veniva il prosciutto crudo, poi quello cotto; poi le olive. In un batter d'occhio, spariva tutto. E non era difficile che le cinque dita aperte d'uno dovessero contendere con quelle d'un altro l'ultima fetta o l'ultima oliva. Qualche volta, cucinavamo da noi il prosciutto; facendolo bollire dentro un catinaccio scrostato, che l'Abramich aveva preso dentro una capanna di certi pescatori. Intanto, rapidamente, il vino calava.

L'Abramich apriva le scatole delle acciughe in salsa piccante; ed io, ghiotto di quella broda oliosa, quand'erano nuotate, me le scolavo in bocca o vi inzuppavo un pezzo di pane dentro; che a ricavarlo dovevo anche bestemmiare.

Non bisognava muoversi senza precauzione, perché il vento copriva subito di sabbia ogni cosa; e, allora, si sentiva scricchiolare sotto i denti. Alle frutta, l'appetito cominciava a calmarsi; ma mi ricordo come, in mancanza d'altro, succiavamo lungamente anche i noccioli rossi delle pesche o finivamo con l'inghiottire le bucce delle mele e delle pere. Allora, ricorrevamo alla distribuzione delle sigarette. Ma, già, la stanchezza, e il caldo ci facevano venir sonno; ed era un godimento solenne quello di chiudere a poco a poco gli occhi e di chinare la testa grave e avvinata. Ma a trovare una buona posizione non era facile, senza indolenzirsi o i fianchi o le braccia; e, poi, a mettersi bocconi, come sarebbe stato più comodo, non si poteva respirare perché entrava la sabbia in bocca e dentro le ciglia. Alla fine il sonno metteva da sé le cose in pace, e dormivamo anche tre ore di seguito. Guai a quello che si destava ultimo, perché si sentiva giungere un calcio su le chiappe! Qualche volta, aprendo sì e no gli occhi, vedevamo i branchi delle bufale o dei bovi passare rasente a noi, soffermandosi a fiutare e a curiosare. Le bufale, con gli occhi neri e acuti, avevano un'insistenza che non ci piaceva affatto; ma il sonno e il vino non ci consentivano di alzarci da terra; e, perciò, non abbiamo mai avuto paura. Anche le vipere non mancano, anzi quelle di Maccarese sono famose; per dire la verità, non sono mai venute dove eravamo noi.

Con gli occhi sempre intontiti, guardavo il mare più turchino e più bello, e vedevo stuoli di alcioni alzarsi a volo come se fossero stati scossi dalle onde sempre uguali e disuguali. Sopra le macchie volavano, invece, corvi e falchi.

Alla foce dell'Arrone, dove al tempo degli Etruschi, tanto per fare un poco di storia, era la città di Fregenae, e dove l'aria e le fiamme del calore ora brulicavano insieme, si vedeva un polverio enorme: guardando meglio si capiva che vi andavano a bere le bufale e i bovi.

Prima che il sole tramontasse, facevamo un altro bagno; e, se il mare era molto mosso, stavamo a prendere i colpi delle onde su le spalle e su la nuca: tenendoci a catena, per non essere travolti. Tuttavia Ercole Drei, un giorno, corse lo stesso il pericolo di affogare.

Verso sera, quando un'umidità calda e pesante cominciava a venire da tutte le parti, e la spiaggia non brillava più, ci rivestivamo e tornavamo verso la stazione. E siccome era già l'ora di cena, entravamo dentro una «dispensa»; dietro il castello barocco di San Giorgio. L'Arrone, che viene dal lago di Bracciano, sembrava bianco da quanti moscerini vi stavano sopra. Se passava qualche bufala, anche sopra essa s'aggirava una nuvola di moscerini; e gli eucalipti odoravano lungo la strada, dove si inciampava a motivo della polvere alta e ammucchiata dalle ruote dei carri.

A quel tempo, a Porto San Giorgio, c'erano parecchi prigionieri tedeschi e austriaci; e quelli presi dalla malaria, gialli e spolpati, li vedevamo seduti sull'argine dell'Arrone con le spalle a qualche eucalipto. Una volta capitò loro anche il vaiuolo; e bruciavano i pagliericci dei morti, abbandonandoli alla corrente; che, a poco a poco, li portava fino al mare, già mezzi inceneriti e distrutti.

La «dispensa» era uno stanzone con il soffitto a volta; e ci stava un oste con la moglie; tutti e due con la malaria.

Al nostro arrivo, benché non fosse prudenza perché si attiravano le zanzare, accendeva una candela di sego e l'infilava dentro il collo d'una bottiglia. Dopo un'ora di attesa, quasi al buio, le paste nel sugo erano pronte; nere di pepe. E ne tranguggiavamo sempre due piatti per ciascuno: non c'era di meglio e bisognava adattarsi. Il vino, grosso e pesante, metteva il fuoco nel sangue. E, benché rimpiangessimo di non avere più il «Chianti», si buttava giù a litri. Alle altre tavole dello stanzone stavano i lavoranti della tenuta, i pastori e i butteri. E sempre arrivava qualcuno con la febbre addosso, presa durante la giornata; il quale andava a sedersi un poco in disparte, verso la porta. La poca luce non ci permetteva di scorgere bene i visi; e tra le gambe venivano almeno cinque o sei cani randagi che non erano mai gli stessi.

L'oste era sgarbato e svogliato; e, per farlo rispondere, bisognava ripetergli la domanda più d'una volta. Pareva che gli mancasse un pezzo di testa dietro; e la fronte, a forza di stringersi, era riuscita ad essere piccola quanto una noce. La moglie, magra e cerea, legnosa, non aveva fiato di reggersi in piedi; e, quando era stata costretta ad aiutare lui, si risedeva subito; muovendo gli occhi attorno ai piedi, come fanno quelli che non ne possono più dalla stanchezza. Tanto lui che lei non ci guardavano mai; anzi, non guardavano nulla; e parlavano solo quando non potevano farne a meno. Soltanto l'oste, di quando in quando, con qualche conoscente, malediceva Maccarese; e gli rispondeva un sospiro della moglie. I pastori erano più loquaci, e avevano sempre da raccontare quante pecore erano morte durante la giornata; con la pancia scoppiata per aver bevuto l'acqua cattiva. I butteri, entrando, appoggiavano dietro la porta le aste, con le quali, a cavallo, picchiano gli armenti quando si sbandano: avevano gli stivali fin sopra i ginocchi e compravano, avendo più denari da spendere, il cacio a libbre. I lavoranti, stavano a tavola con il capo giù, il collo irrigidito, i gomiti stesi e le mani allacciate insieme. Si mettevano fermi a quel modo specialmente dopo aver mangiato, e non aprivano mai bocca altro che per dolersi della fatica e del disagio. Ogni tanto, il grido di qualche civetta, sopra un eucalipto, faceva volgere la testa verso la porta.

Restava l'ultimo tratto di strada fino alla stazione, ed era già buio. La luna, sottile e larga, esciva di tra gli olmi nebbiosi; e rischiarava abbastanza, e io provavo non poco dispiacere a dover salire in treno; perché non m'importava più nulla di Roma, e m'aveva fatto bene quella giornata senza né meno ricordarmi della letteratura e dei libri.

Michele Abramich si volgeva verso la luna; e, scotendo con una mano i soldi di rame dentro una tasca, con l'altra le mostrava un piccolo Priapo di bronzo, che aveva trovato in certi scavi: era un rito pagano. Poi la guardava tutto soddisfatto e beato; e, a quel chiarore, gli vedevo brillare gli occhi nella faccia rosolata dal sole. Mi diceva, tutto esaltato:

- Fa' così anche tu!

Ma io camminavo di malavoglia; e dentro di me studiavo invano come avrei potuto fare per non tornare a Roma. Le file degli olmi erano più nere della notte, e la pianura impiccioliva. Qualche bosco incendiato, sopra una collina bassa bassa, scintillava con una giocondità cattiva. Pareva che la luna mi dicesse: «Perché non torni lungo il mare? Ti tengo compagnia io».

E, tra un passo e l'altro, rimpiangevo di sapere che il giorno dopo qualcuno mi avrebbe ricordato la mia triste ambizione. Come, lungo il mare, tutto m'era parso inutile e fastidioso! Come m'avevano fatto pietà e schifo gli scrittori, i giornali e i libri!

Giunto a casa, non potevo pigliare sonno. In un incubo bollente rivedevo le bufale, le vipere, i ramarri; e mi pareva di volare, come un uccellaccio, incontro a qualche montagna innalzate dal mio pensiero.

Ma andavamo anche sul Monte Soratte. Scesi dal tranvai, alla stazione di Sant'Oreste, prendevamo su per una oliveta scura e immobile; addossata sotto il macigno crudo tagliente. Prima, bisogna arrivare al paese di Sant'Oreste; le cui case hanno lo stesso colore della pietra dove stanno a picco; su una vallata che si stende a perdita d'occhio. Per entrare in paese bisogna varcarne la porta; ma c'è una tabella di legno dov'è scritto:

È vietata

l'introduzione e la circolazione

degli animali suini nell'interno

del paese.

Perciò, noi ci guardavamo sbigottiti e restavamo di fuori.

Ci si ficcava, invece, dentro la trattoria; che è di fianco. Le pareti hanno un colore turchiniccio; e, in fondo, dietro il bancone padronale, c'è il busto in gesso di Vittorio Emanuele II, tra due grandi corna di bue e sopra una mensola verde sovraccarica di bottiglie e di scatole da conserva.

L'ostessa prima non risponde; poi borbotta sottovoce, scappando; poi intende a traverso; e, alla fine, data un'occhiata che vorrebbe divorarci vivi, si decide a cavare la voce. E, allora, si capisce che è una burbera molto buona e tranquilla.

Fatto uno spuntino e prese le provviste, cominciavamo l'ascensione del Soratte. Dura un'ora o poco più; ma noi la facevamo anche in meno; non badando a qualche sdrucciolone e a qualche ginocchiata. L'aria si fa più leggera quasi ad ogni passo; e la vallata del Tevere, dalla parte opposta a quella donde siamo saliti fino al paese, comincia a spiegarsi senza usura dinanzi a una meravigliosa vista di montagne; e sono tante che per avvedersi di tutte, senza saltarne nessuna, bisogna guardarle a una per volta. Ma più che si guardano e più se ne scoprono; e ognuna sembra desiderosa di essere la più bella. Il cielo e l'aria vi stanno sopra come se avessero paura di toccarle; e solo il vento s'arrischia, almeno a sentirselo passare rasente gli orecchi, a andare fino là senza perdere la strada.

Il Soratte, durante l'estate, è tutto fiorito. Le eriche rosse escono dai buchi della selce; e, qualche volta, ci sono anche certe campanule pallide che s'attorcigliano come ghirlandette. Testucchi e lecci nani, a cespugli, crescono sul fianco del monte, dalla parte del Tevere, e il loro colore s'incupa di mano in mano che scende giù nella vallata, insieme con il mentastro e la nepitella. L'ombra del monte è così grande che il sole si stende soltanto di là dal fiume, che, di lassù, pare fermo.

Mentre, dalla parte di Roma e del mare, la vallata se è un poco nebbiosa, abbarbaglia e luccica in tanti seni di tutte le dimensioni.

Il silenzio fa udire quel che si pensa.

L'ultima volta che salii, le cavalle avevano figliato; e pascolavano sul dorso acuminato del monte. Mi ricordo anche d'aver sentito ragliare un asino giù in fondo alla vallata, e quel raglio mi sembrò dolcissimo e perfino musicale; perché la distanza gli toglieva il troppo e lo sgradevole.

Sul Soratte, una volta c'erano quattro conventi; uno per ogni punta: San Silvestro, Santa Maria delle Grazie, Sant'Antonio, Santa Lucia.

Ora, intero c'è rimasto soltanto quello di Santa Maria delle Grazie; e i ruderi di quello di San Silvestro. Il viottolo mena ad essi.

A metà della salita, in mezzo a una boscaglia di lecci, c'è una cappellina; e dentro, lungo le pareti laterali, due sedili: una croce fatta con il carbone dove dovrebbe essere un'immagine.

Seguitando, si vede la cinta del convento di Santa Maria; fatta di sassi a secco, sotto una greppaia rossa di rosolacci, che non stanno mai fermi. E sotto la cinta, una pergola di viti; che fa ombra a una striscia larga e sbilenca di grano.

Il convento è disabitato da parecchi anni; ma c'è andato a stare Fra' Camillo Coppini, nato a Grassina, nei dintorni di Firenze.

Non è difficile che venga a spalancare la porta senza scarpe e senza calze, con la tonaca nera tirata su alla cintola; e una falce in mano, con la quale era a mietere il fieno quando abbiamo tirato la campanella. Dopo le prime parole, egli dichiara subito di essere un uomo «storico»; cioè un uomo che appartiene, ormai, alla storia. E, per convincere, butta in terra la falce, si ficca le mani in seno e tira fuori il libro che sta componendo. Il titolo del libro, scritto da lui stesso con una penna spuntata e con l'inchiostro di more mature, ha questo titolo: «Il trionfo dell'Umanità naturale e la distruzione della Fisumana; dove si trova il proscioglimento della vera filosofia con la vera difesa della Vita; ovverosia il Tesoro secondo l'epoca e il tempo».

E, per accertare che si tratta d'una cosa seria e immortale, avverte che l'hanno letto Dante Alighieri e cinque o sei altre persone che s'accostano a quel calibro. Ma non basta. Sempre dal seno, cava altri suoi libri di minore importanza, che sono come i commentari di quello; e allora si capisce perché la tonaca, impataccata e sporca, gli stia gonfia sopra la cintola come se fosse pregno.

Il suo viso scarno, dove sono soltanto le pieghe della pelle, si fa più attento e si illumina; gli occhi, neri e dolci, pigliano un fanatismo vigile e impaziente.

Uno di noi gli chiede:

- Che cosa vuol dire Fisumana?

Ed egli spiega, con energica enfasi:

- La Fisumana è la cattiveria degli uomini, e io ho trovato il modo di renderla innocua.

Intanto, si entra in un praticello erboso; in mezzo al quale c'è soltanto un gelso. Fra' Camillo ci segue e ci studia; per capire che gente siamo. Passatagli la diffidenza, la sua voce si fa più amichevole; e si capisce che ha una gran voglia di confidarsi. Ma noi, invece, secondo il solito, abbiamo fame, e glielo diciamo.

Egli non se lo fa ripetere due volte: entra, quasi di corsa, dentro il convento; per pigliare un tavolino e le sedie. Poi, rispettosamente ma dignitosamente, domanda:

- Vogliono bere un bicchiere d'acqua fresca?

Dopo due o tre volte che siamo stati sul Soratte, è doventato nostro amico; e io voglio ricordare una visita più lunga delle solite.

Tralascio l'arrivo e salto al desinare. Fra' Camillo, mentre stiamo per finire le ultime briciole del tonno, frugando tra le pieghe della carta unta, ci propone un piatto d'insalata. Si leva da sedere e va all'orticello. Per entrare, deve togliere prima, ad una per volta, un mucchio di pietre addossate al cancellino sfasciato. Tra due sassi piatti e incavati, dove dovrebbero essere gli arpioni, prende un falcetto e comincia a tagliare erba e insalata insieme. Quando gli pare che basti, ci grida:

- Ora vado a sciacquare quel che ho preso.

È inutile protestare che l'erba non ci piace: egli ci garantisce che è buona quanto l'insalata. E, per convincerci, se ne mette in bocca una pianta. Ma l'olio puzza come quello delle macchine. Quando glielo diciamo, resta sorpreso e scontento del nostro gusto, con la bocca piena e l'erba mezza dentro e mezza giù per il mento. Noi non possiamo andare avanti, e Fra' Camillo Coppini, mortificato, finisce da solo ogni cosa. Povero e onesto, campa con quel che gli frutta l'orticello e la fetta di terra; che coltiva da sé.

Intanto, vengono due ragazzi che pasturano le capre fuori della cinta. Uno tiene per le gambe un falchetto, che non ha messo ancora le penne. Pare involtato in una lanugine grigia, e apre il becco spenzolando la lingua. Gli occhi aperti sbattono, ma senza chiudersi; e torce il collo, come può, per guardare verso noi. Il pastore lo butta sopra un muricciolo, e propone al compagno di ammazzarlo lapidandolo; per fare la scommessa a chi tira più dritto. Io dico che non voglio; e Michele Abramich, gongolando di speranza che gli accende di più il viso sempre infiammato e gli brilla negli occhi azzurri, domanda loro se possono procurargli almeno un litro di latte o una ricotta di qualche chilo. I due ragazzi spariscono subito a mungere le capre.

Allora, Fra' Camillo piglia il falco e lo mette dentro un secchio, dicendo che ce lo friggerà a cena.

Ma noi vogliamo che egli faccia un discorso; e ci contenta subito. Batte le mani insieme e salta sopra un sedile di pietra, all'ombra di un leccio. Tossendo, si spurga; poi, tende un braccio. La nostra attenzione silenziosa lo anima; e sorride, già sicuro che lo dovremo acclamare. Comincia:

«Io, Fra' Camillo Coppini, povero fraticello eremita, ho scritto il gran libro della Fisumana; ed ora dirò due parole alla buona così come mi vengono».

Fissa gli occhi da una parte, accanto a sé; fa schioccare le dita, e il suo viso pare tormentato. Ma, con uno scatto fiero, quasi maestoso, erge la testa; e continua:

«Il Paradiso di Satana, il Purgatorio di Lucifero, e il Limbo degli uomini temperati, com'io nel mio pensiero li ho visti più di una volta...».

Ma la parola gli manca, per ora; ed egli ci fa comprendere, con un largo gesto esecratorio della mano, quel che vorrebbe dire. Fa una lunga risata, perché ha bisogno di tenere i nervi al posto, ma l'occhio gli si rischiara, le righe della faccia si appianano, tutto il viso ha un'aria ascetica, le parole vengono con una facondia irruente ed efficace. Ad un certo punto, grida:

«La spianata delle tombe, dei re, dei regni, delle montagne e di tutti i vigliacchi che sono su la terra, dovrà assicurare all'umanità il trionfo dei buoni e degli onesti. Il mio Libro è il centro aereoso dell'Universo; e io, frate Camillo Coppini, nutrirò la coscienza di tutti. Ciò che si vede su la pianura della terra deve divenire, un giorno, cenere e polvere. Meno che cinque cose, o bene sei, sono eterne: la luce del giorno e la notte; i venti, le acque e la terra; il Padrone del macchinario del movimento di questo mondo, ossia Dio!»

La sua parola fantastica, chiara e impetuosa, ormai ha preso la rincorsa, e ci trincia sentenze e ammonimenti. Dopo averlo applaudito, lo portiamo di peso sopra le spalle. Fra' Camillo ride a bocca aperta e ringrazia; e sappiamo dai suoi occhi che ci è riconoscente di averlo capito e di prenderlo sul serio.

Intanto la metà della giornata è trascorsa, e il Tevere è sempre raggomitolato nel suo letto di terre incolte. Per parecchi chilometri lustra a pezzi, secondo i suoi giri; e una nebbiolina, trasparente più d'un velo che sia per sparire, lo segue fin dove i nostri occhi non vedono più. Questa nebbiolina è anche ai piedi delle montagne, e sembra che riesca a dissolverle; perché si giurerebbe che non sono soffici e molli; più delle ombre turchine che le nuvole lasciano cadere giù nella vallata. Ma, quando il sole è per discendere, le montagne fanno biancheggiare per qualche mezz'ora i loro paesetti; e poi, con lo sbiadirsi della sera li rinascondono dentro se stesse. Allora, il lago di Bracciano sembra uno specchio caliginoso, l'Appennino Umbro indossa un celeste più tranquillo e il Gran Sasso si schiara.

Non so perché, Fra' Camillo ci parla a modo suo della «sventura» del Calvario; mentre ci rechiamo dalla punta di Santa Maria a quella di San Silvestro; per un sentiero non sempre piano; e il vento ci butta quasi in terra. Sotto a noi, tra le sporgenze acuminate dei macigni, s'intravede il gran precipizio del baratro; e fa l'effetto di essere tirati giù a battere la testa. Ma, mentre si sta lì a fare queste considerazioni, un falco, con le ali aperte, viene a oscillare lentissimamente nell'aria; e poi si ferma. Guardando meglio nelle lontananze, ne vediamo parecchi altri; tutti sospesi a quel modo.

Intanto, siamo entrati nella Chiesa di San Silvestro; che è monumento nazionale. Squarciata dai fulmini e dai temporali, ogni anno perde qualche pezzo di muro; che si sbriciola su la roccia. Una volta, i pastori ci si rifugiavano con le pecore e ci accendevano il fuoco; ma Fra' Camillo Coppini, ora, la tiene pulita e chiusa a chiave. Scendiamo a vedere e a tastare con le nocche il sasso dove dormiva San Silvestro; incastrato dentro una grotta buia, sotto l'altare. Dove è stato tolto l'intonaco, le pareti sono coperte da affreschi del Trecento, e la cripta conserva ancora alcuni bassorilievi romanici e dell'antico tempio di Apollo; sopra il quale fu eretta la chiesa cristiana.

Da quella cima, l'orizzonte è anche più vasto; e si vede perfino il Monte Amiata, al confine del territorio senese. Stiamo lassù fino a buio fatto, dopo che il sole s'è lasciato pigliare dentro una ragnaia di nuvole.

Per cena, riesciamo ad evitare che Fra' Camillo tiri il collo al falchetto; ma mentre mangiamo nel refettorio, perché fuori è troppo freddo, sentiamo l'uccello lamentarsi con una specie di fischio intasato e sbatter le ali dentro il secchio. Il refettorio è tutto polveroso, con quattro tavolinacci rozzi e tarlati. Stiamo vicino a una finestrucola inferriata, che dà a picco su la valle. Un pipistrello si attacca all'architrave e si dondola.

Dovremmo mandare giù, ma non ci riesce, una frittata. Fra' Camillo ci ha messo troppo sale; e, volendola fare con le cipolle, ci ha tagliato anche i gambi, che sono restati crudi. Inoltre, non avendo più vino, ci propone di mettere nell'acqua un poco di aceto; come fa sempre lui. Il buio accresce la paura che la giornata non finisca allegramente; e né meno a cantare con quanto fiato abbiamo in corpo ci riesce a ridere senza essere troppo nervosi. Il romito, sempre attento, se ne avvede; e reca due candele accese. Allora, facciamo un ultimo tentativo di baldoria; ma il nostro amico resta inquieto lo stesso; e noi ci convinciamo che è meglio andare a dormire. Intanto, veniamo a sapere che egli è stato una volta frate laico e andava alla cerca, ed ora veste a quel modo per amore all'abitudine.

Ci accompagna in una stanzucola, dove non c'è se non uno strato di paglia; che puzza di topi e di muffa; e qualche tarpone nero, infatti, s'è visto correre su per le scale. Ma, prima che ci stendiamo, apre una finestruccia, e ci indica Roma: un bagliore lontano e basta.

Preso sonno, senza spegnere le candele infilzate in un ferro a punta, ci viene a destare, per sbaglio, un'ora prima. Sono soltanto le tre e mezzo; ma esciamo lo stesso, per avviarci giù alla stazione. La nebbia è fittissima e scura; e lampeggia proprio all'altezza del convento.

Per non rifare la stessa strada, Fra' Camillo ci fa prendere una scorciatoia scavata giù per la china più ripida del monte. Non vediamo dove mettere i piedi e ci si aiuta con le mani, per non scivolare in dietro. Ma egli va giù a salti, aprendo le braccia e facendo rotolare i sassi perché si sentano rimbalzare e battere fino in fondo. Allora, ci piglia paura di cadere a capofitto; e, prima di movere il passo, cerchiamo sempre di afferrarci a qualche sporgenza o a qualche cespuglio. Quando il frate non ci aspetta, dopo due metri non si scorge più. I falchi, di mano in mano che scendiamo, spiccano il volo; e sentiamo ventare le loro ali. Il frate, che pare un lugubre fantoccio nero, gesticola e grida; poi, sghignazza del nostro impaccio. A un certo punto, crediamo che si debba ammattire anche noi; e la china non finisce mai. La nebbia pare che ci pesi su le spalle, e proviamo una specie di disperazione e di scoraggiamento. I falchi si levano da tutte le parti; la selce, urtata dalle scarpe, fa un rumore secco ed aspro. Alla fine, non resta che da attraversare un lunghissimo prato, dove c'è una vacca soltanto; e siamo prossimi alla stazione.

Fra' Camillo ci deve salutare, e si duole della sua solitudine. Ci dice:

- Mi troveranno morto, come un falco, tramezzo i sassi; che cade giù, e tutto è finito!

Anche quest'anno conto e spero di tornare a Maccarese e al Soratte. In quanto alla letteratura, me ne sto più lontano che è possibile; anzi, non voglio mai che se ne parli in mia presenza, né meno dagli amici; e il mio più forte orgoglio è di sentirmi tutto quanto preso dal lavoro senza mai insozzarmi con i bacherozzoli, che vengono da sé a farsi spiaccicare sotto le scarpe.

L'amore

La mattinata nuvolosa si schiariva, ma il mare restava di un colore pallido.

Virginia Secci era già escita, e s'allontanava sempre di più verso la punta del molo fatto di spranghe e di tavole. Io la guardavo dalla finestra della mia casa; ch'era a pochi metri dalla spiaggia. Le barche vicine avevano le vele gialle e aranciate; mentre quelle lontane parevano come il mare o quasi bianche.

I miei occhi non perdevano di vista Virginia, perché me n'ero innamorato; ed ero tanto triste, che non mi veniva voglia di escire. Tutte le volte che la guardavo, ero triste così; forse, perché l'amavo troppo. Avrei voluto dirle tante cose buone e ingenue; anche perché dovevo badarmi da suo marito. Ma io l'amavo a malgrado di lui, e non volevo rinunciare al mio lungo desiderio.

Aspettai, perciò, ch'ella stessa tornasse dalla passeggiata. Intanto, mi piaceva di pensare a quelle cose buone e ingenue, dolcissimamente; che io non le dicevo mai.

Quando mi passò proprio accanto, perché io m'ero seduto all'uscio di casa, ed ella abitava per lì, mi riscossi da quella specie di estasi che mi pigliava; e la guardai senza né meno salutarla. Sentii che doventavo bianco, e dopo aver incontrato i suoi occhi, fissai il mio sguardo su la rena. E l'ascoltai camminare.

Se avessi avuto la voce come i miei pensieri, non avrei temuto a parlarle; ma io non avevo la voce di tutti gli altri giorni, quella con la quale parlavo a tutti, di qualunque cosa.

Come il solito, dopo averla veduta, mi chiusi in casa.

Dalle imposte socchiuse battevano, sul muro di fronte, della stanza a pianterreno, i riflessi chiari e luminosi delle onde; come se fossero stati specchi mobili e leggieri.

Nel pomeriggio, mi affacciai alla finestra; per quanto fossi quasi sicuro che non avrei rivisto Virginia; e provavo un dolore che mi pareva torvo e ambiguo come il volto del suo marito.

Mentre stavo così, il mare cominciò a farsi più turchino; e, allora, il cielo era più pallido di esso.

Sul mare, c'erano lunghissime strisce, quasi bianche; che, giunte fin quasi alla spiaggia, sparivano.

Non ricordavo più da quanto tempo mi trovassi a Cattolica; e mi pareva, quasi, di essere arrivato in quel momento. E, allora, se Virginia mi avesse parlato, io le avrei detto che l'amavo.

Il giorno dopo, il cielo era interamente grigio; e, durante le ultime ore della notte, aveva piovuto. Il mare era verdastro verso la riva; e violaceo verso l'orizzonte. E io non vidi Virginia. Non so perché, quasi credevo di poterla dimenticare; e, invece, a sera, non potei darmi pace di non averla veduta.

Mi sentivo pronto a inventare una scusa, per recarmi alla sua casa; perché, se avessi saputo ch'era morta, non avrei sofferto a quel modo. Ma venne un temporale; con uno scirocco fortissimo, che lo portò sopra Rimini. Molte barche di pescatori rientrarono, infilandosi a stento in un fiumiciattolo tortuoso; che si chiama Tavollo.

La notte non potei dormire; e mi proposi, non so se sognando o pensando da vero, di vedere Virginia il giorno dopo; anche se avessi dovuto cercarla io stesso.

Ma, alzatomi, non mi sentivo più capace di mantenere quel proposito; e restai all'uscio di casa, aspettando ch'ella facesse la sua passeggiata fino al molo. E invece, non escì.

Dopo mezzogiorno, il cielo si fece chiaro, quasi sereno; e il mare prese subitamente un turchino stupendo.

I casotti dei bagnanti facevano tutti una piccola ombra, oblunga, da una parte.

A non vedere Virginia, mi pareva quasi una cattiveria folle. Ma, intanto, m'ero dovuto convincere che l'avvocato Germano Secci, suo marito, veniva a passeggiare sempre più a lungo attorno alla mia casa. Se avesse voluto parlarmi, come da prima avevo supposto, avrebbe potuto trovarne il modo; ma certo è ch'egli si comportava come se avesse voluto farsi notare da me. E io, invece, lo evitavo; non perché ne avessi timore, ma per la sua aria troppo triste. Era alto, pallido e magro; sempre vestito di nero; e i pantaloni gli sventolavano in fondo alle gambe e alle ginocchia quando tirava anche un poco di vento. Aveva un grosso bastone in mano; e, molte volte, mi faceva l'effetto che quel bastone fosse più vivo di lui. Quest'uomo metteva nel mio sentimento un senso di angoscia; mentre il desiderio di Virginia si faceva sempre più acuto.

Verso sera il mare si fece di un turchino lucente, con strisce più scure da per tutto. Le vele sembravano d'oro, e il cielo era un poco roseo in fondo all'orizzonte.

Me ne ricordo bene, perché proprio in quell'ora passò Virginia dinanzi a me. Me n'accorsi soltanto quando mi fu a qualche passo; e a pena feci in tempo ad alzare gli occhi per vederla in viso. Mi guardai attorno, per assicurarmi che non ci fosse suo marito e m'arrischiai a seguirla; perché mi proponevo di parlarle da vero; quando fosse più sera. Ella andò sopra il molo e quando fu in fondo si sedette. Io feci lo stesso, ma senza sedermi. Guardavo l'acqua tra le spranghe del molo; con le mani dietro la schiena. E tendevo gli orecchi, senza voltarmi a lei. Il vento mi faceva quasi piangere; ma più forte era il mio sentimento e più sentivo che m'era impossibile voltarmi a lei; e mi sentivo attratto a cadere nell'acqua. Il fracasso delle onde pareva una specie di scampanio; almeno al mio udito.

Intanto cominciarono a escire le barche per la pesca. Andavano come zoppicando; e, dopo una mezz'ora, sebbene sembrassero lentissime, erano già tutte sparse sul mare.

Vedendo che i pescatori, rasentando le spranghe del molo, guardavano più in dietro a me, capivo che Virginia era ancora seduta; e arrossivo, provando una vergogna che mi faceva male anche alla testa.

Quella specie di scampanio dentro le onde spumose, che increspavano tutto il piano dell'acqua, durava ancora; e lo scricchiolio delle tavole su le spranghe, qualche volta, mi pareva come una voce che cominciasse a parlare, e poi si spezzasse subito. Tanto ero fuori di me. Che faceva Virginia? Pensava a me o forse non faceva né meno caso che ci fossi? Alla fine sentii che tornava via; e, allora, anch'io volli fare lo stesso; ma, a forza di stare fermo, pareva che non sapessi più camminare, e inciampai in una tavola schiodata. Anche la distanza tra il mare e la mia casa mi pareva raddoppiata. In certi casi, la solitudine allunga le distanze fino all'infinito.

Il giorno dopo, mentre facevo qualche passo dinanzi a casa mia, fumando una sigaretta, mi sentii mettere una mano sopra una spalla. Mi voltai, e l'avvocato Secci mi disse:

- Lei è innamorato di mia moglie.

Mi dispiacque mentire, ma risposi:

- Non è vero.

- Perché non dire la verità? Lei non è un uomo come tutti gli altri e non le parrà ridicolo come io le voglio parlare. Mi ascolti, invece. Lei non riderà di me; ne sono sicuro. Anch'io sono innamorato di mia moglie. L'amo più di tutti i suoi amanti. Ne sono sicuro. Ogni anno ella mi tradisce con un nuovo amante. Nessuno, quando l'ha guardata, può fare a meno di non innamorarsene. È bella. Lei sola è bella. Non c'è un'altra donna come lei. Ma quand'io voglio accarezzarla ella mi dice che io sono sensuale e che l'amo soltanto per il bisogno ch'ella sia mia. Anche i suoi amanti li rimprovera con le stesse parole; e tutti la desiderano soltanto per la sua bellezza. Sono cinque anni che io l'ho sposata; e si è fatta sempre più bella.

Io provavo una specie di ribrezzo, ma il Secci seguitò stringendomi una mano:

- Mi sia amico, e comprenda la mia amicizia. Non si disguidi da me, e non mi giudichi come farebbe un uomo qualunque. Lei mi deve aiutare. Divenga suo amante e la porti via con sé. Non la lasci mai più. Io voglio avere la certezza che non la vedrò mai più. Non la dimenticherò mai, ma soffrirò meno. La prenda lei.

Allora quest'uomo, che prima m'era parso perfino tra losco e stupido, mise dentro di me un sentimento inatteso. E volli rassicurarlo che potevo sentirmi suo amico. Allora, passeggiammo, in silenzio, lungo il mare.

Il vento era fortissimo, come se tonasse. Il mare fragoroso. Di là da Rimini, lampeggiava da entro una nuvola nerissima.

Egli mi disse:

- Andiamo in casa sua, perché ella escirà; e non deve vederci insieme.

Entrammo ma ci era impossibile parlare, e restavamo a guardare dalla finestra aperta. Io ero sconvolto; ed egli, con gli occhi e con il volto, cercava di farmi quietare. Ma non era possibile, perché m'aveva detto che Virginia sarebbe escita.

Il mare era sempre più mosso, e s'era fatto quasi buio. I lampi illuminavano, a tratti, tutto il mare di un turchino cupo, ma tagliato da strisce bianchissime di spuma, quasi luccicanti.

Il Secci mi disse, tremando:

- Eccola!

Io mi volsi verso Virginia, con tutto il mio animo ansioso. Passò rasente la finestra, alta e morbida; con le lunghe gambe e il petto come le più belle statue greche. Ma pensando che ormai le avrei dovuto parlare, mi sgomentò il presentimento voluttuoso; e caddi in ginocchio.

Il Secci mi sorresse, e poi mi dette un bicchiere di acqua.

Una sera presso il Tevere

Avete mai amato, soltanto a sentirne parlare, le amanti degli altri? Io, sì. O, per lo meno, ho avuto per queste donne una simpatia; ch'era più dell'amicizia. Conoscendo soltanto le loro parole e il loro modo di amare, ho avuto il desiderio di conoscerle. Nate, per me, dalle confidenze de' miei amici, hanno cessato di esistere sempre troppo presto; ma più presto di loro finiscono anche quasi tutte le cose reali, che sono state nostre o ci hanno interessato. Quelle donne, invece, anche se ce ne ricordiamo dopo tanto tempo, pigliano sempre un senso di eternità.

A Roma, mangiavo a trattoria ogni giorno con molti amici; tutti pittori e scultori.

Una sera, io e uno di loro, Giovanni Fossi, ci prendemmo a braccetto; e andammo a fumare una sigaretta lungo il Tevere. Ci trovammo, camminando pian piano, al ponte Sant'Angelo, dopo aver passato per non so quanti vicoli stretti e bui; dove s'incontravano sempre donne che ci sorridevano non si sa se con la bocca o con la cicatrice rossa di qualche sfregio lungo le guance.

Era caligine, e il primo arco del ponte Sant'Angelo, con le statue, illuminato; gli altri, nel buio, scuri.

Di là dal ponte, l'acqua di un violetto torbo; con quattro lunghi riflessi elettrici, a punta. L'altro parapetto, quello incontro a noi, nero. Poi, il fiume doventava di un verde sudicio; e l'acqua, scorrendo, si raggrinziva, qua e là, alla superficie.

C'erano ancora i resti del ponte di ferro, come una gabbia ellittica; e dietro le sbarre si vedevano passare i tranvai, sul nuovo ponte Vittorio Emanuele; quasi di fianco al Palazzo di Giustizia come un rettangolo enorme e bianchiccio, illuminato dalla luce elettrica. Alcuni ragazzi tiravano sassi contro un'intavolatura fatta per la demolizione del ponte di ferro.

Il mio amico era un giovine di ventiquattro anni, con il viso glabro, di vecchio; con gli occhi febbricitanti; magrissimo.

Il fresco della sera ci faceva bene ad ambedue; e ci piacevano le case lungo il Tevere; silenziose, grigie, scure; con qualche lampadina elettrica su per le scale, che si vedevano dalle finestre aperte.

Egli mi stringeva le braccia; e la voce, qualche volta tremolante, appassionata e secca, nervosa, mi faceva pensare ai suoi tendini tesi.

Ad un tratto, senza che io gli avessi chiesto niente, mi disse:

- Io ti dirò perché le donne non mi piacciono più.

Lo guardai bene nel viso, sorridendo, e capii ch'era per farmi una bellissima confessione; un poco ingenua e sincera.

- T'ascolto.

- Ti sarai accorto ch'io molte volte sembro trasognato.

- Sì.

- Devi, dunque, sapere ch'io penso sempre alla stessa cosa. Non mi riesce non pensarla. Due mesi fa, a Lucca, io mi sono innamorato della moglie di mio zio.

- Ed ella ti voleva bene?

- Fu lei, anzi, la prima.

- T'ascolto. Parla lentamente.

- Io le avevo cominciato un ritratto: per desiderio del suo marito... Non lo chiamerò mai zio. È lo stesso, del resto. Egli non stava sempre a Lucca, perché è commesso viaggiatore. Noi due potevamo parlarci a comodo nostro. Anzi, devi sapere ch'io stavo addirittura in casa con loro.

«Ti dirò soltanto che, due anni innanzi, avevo cominciato a capire qualche cosa del suo sentimento verso di me.

«Ma io me ne ripartii senza che ci fosse stata nessuna parola segreta. Quando, due mesi fa, tornai, allora non ebbi più riguardi.

«Io, da principio, non volevo amarla; ma non mi pareva il vero che cercasse sempre di parlarmi quando eravamo soli. Volevo fare in modo che fosse la prima a dirmi quel che sentiva.

«Intanto, io le raccontai che una volta avevo sentito così il bisogno d'essere amato, che m'ero messo a piangere; e aggiunsi che, se avessi trovato una donna che mi amasse altrettanto, sarei stato capace, per lei, anche di uccidermi. In parte mi pareva vero, e in parte esageravo a posta. La seconda volta che le dissi così, doventò pallida e seria; e mi chiese:

«- Non si può, dunque, voler bene a te?

«E pianse. Io me ne andai nella mia camera. La sera, ci rivedemmo, e non le dissi niente. Ma, sul punto di lasciarci per andare a letto, mi prese il viso e mi baciò. Io mi sentii venir meno. Mi baciò, mordendomi il labbro di sopra; e non dimenticherò mai più quel che provai in quel momento. Ebbi a pena la forza di ribaciarla; e, invece di andare a dormire, escimmo nel giardino. Era un giardino tutto chiuso da un muro.

«Le dissi:

«- Credi tu di volermi bene come desidero?

«Volevo ancora essere sicuro, e stavo bene attento a quel che mi rispondeva.

«Allora, mi rispose:

«- Tuo zio è un uomo volgare, e non mi ha mai compresa. Te solo voglio amare...

«E quella fu la prima volta.»

Io risi; e guardai il Tevere, che ora pareva di olio verdastro e sporco.

Ma una grande dolcezza mi aveva invaso. Anche il mio amico guardava il fiume, tacendo.

- E poi?

Egli tacque ancora.

- Raccontami tutto.

- Ti ripeto ch'io volli assicurarmi che mi voleva bene; e, finché non ne fui sicuro, ero io che mi ricusavo a lei. La mattina, prima di scendere giù in salotto dove stava il marito, apriva l'uscio della mia camera e veniva a baciarmi.

Il Fossi si mise le mani su gli occhi.

- Mi pare ancora di rivederla, quando la pregai di farsi vedere tutta.

- Era fatta bene?

- Ah, tu vedessi! E poi si mise da sé in una posa; che io voglio dipingere.

Io risi un'altra volta. Ma egli mi guardò serio, ed io allora smisi.

Pareva che Roma ci si chiudesse attorno; prima con gli argini del fiume, poi con le case; poi con il cielo.

Egli mi dette un colpo forte sul braccio, perché non mi distraessi; e proseguì:

- Voleva, a tutti i costi, fuggire di casa con me; era pronta a portar via i suoi gioielli. Avevamo già combinato di andare in un villaggio delle Alpi; dove io ero stato a fare certi studii. E dove, forse, tornerò.

- E perché non andaste?

- Per colpa mia. Io scrissi una lettera anonima a mio zio, facendogli sapere tutto. E gli dissi anche dove avrebbe potuto sorprenderci. In fatti, egli ci trovò insieme.

- E allora?

Il Fossi stette zitto lungo tempo. Ma io lo spiavo troppo intensamente; e, benché con meno franchezza, convenne che seguitasse:

- Lei negò tutto; e se n'andò, fingendosi sdegnata di me e del marito.

- Ma tu facesti male, mi pare! Avresti avuto un altro mezzo per farla finita.

- Io volli che mio zio sapesse tutto, per umiliarlo. Perché non mi credeva intelligente e non capiva la mia arte.

- Ma ci voleva riguardo per la donna che ti amava.

- Di lei volli vendicarmi, perché era riuscita a prendermi in quel modo.

- Non ti capisco.

Allora il Fossi cominciò a dirmi:

- Tu non puoi farti un'idea di quel che valevo io allora per me stesso, e com'era necessario che allontanassi ogni donna. Mio zio, poi, avrebbe dovuto capire quant'io valevo più di lui, per tutto, e perciò tenermi lontano da lei.

- E non l'hai più vista?

- Mai più. So che mio zio ha creduto a lei e non a me. E l'altra settimana mi scrisse dicendomi ch'era pronto a perdonarmi anche d'avere inventato una cosa simile.

- Dovresti, almeno, rispondere.

- Io non risponderò affatto. Non gli scrivo né meno ora, che non mi vengono più i denari che mia madre mi manda dall'America. Sono certo che, se tornassi a casa sua, sarebbe lo stesso come prima.

- E con lei come ti conterresti?

- Se mi facesse qualche allusione, sarei pronto anche a prenderla a schiaffi. Perché quel che importa a me è di non passare da bugiardo.

- Allora, vuol dire che non l'hai amata mai.

Gli dissi così con una voce strozzata dalla voluttà. Una voluttà che riescii a dominare contrapponendole l'odio per lui. Se quella donna l'avessi conosciuta io, mi sarei fatto sfinire dal suo amore e dalla sua bocca. Avevo io, per lui, il rimorso che fosse stata trattata a quel modo. La mia anima sensuale mi stordiva.

Ma il mio amico era convinto del contrario; e capii che, inoltre, per puntiglio, non mi avrebbe mai dato ragione.

Aveva incrociato le braccia, e guardava verso la cupola di San Pietro; a pena visibile.

Indovinando che voleva essere più forte di me, gli chiesi:

- Vuoi che andiamo là?

Ma, indispettito dei contrasti trovati in me, rispose quasi disprezzandomi:

- Stiamo bene qui. Anzi, sediamoci sul muro del fiume.

Io, però, restai in piedi; accendendo un'altra sigaretta alla cicca di quella già consumata. Stemmo qualche tempo senza parlarci, e parve che la nostra amicizia finisse tutto a un tratto. Io lo guardai; ed egli, tutte le volte che incontrava i miei occhi, si rimetteva a guardare il fiume. Poi, disse:

- Senti: comincia a piovere.

Passarono due soldati e un uomo con l'ombrello aperto. Pioveva poco; e uno degli alberi che sono lungo il Tevere ci riparava abbastanza. Tuttavia, ormai, mi sentivo solo, e avrei voluto ch'egli se ne andasse.

Pensavo di scrivere una lunga lettera appassionata a quella donna.

Ma prese, dalla tasca interna della giubba, un fazzolettino di seta; e me lo dette, dicendomi:

- Questo è un regalo di lei.

Subito sperai ch'egli l'amasse ancora; e gli chiesi con dolcezza:

- Lo porti sempre?

Si mise a ridere. E io chiesi:

- Perché, dunque, lo porti?

- Questo è soltanto un ricordo e non di più.

- E lo tieni volentieri?

- Se tu vuoi, io lo regalo a te. Odoralo: è ancora profumato come quando l'ebbi io.

Lo fissai negli occhi con ira impaziente e gli risposi per sgarbo:

- No: tienlo tu.

- Come vuoi.

E lo rimise in tasca. Poi, disse:

- Ora andiamo: dev'essere tardi.

Mi riprese a braccetto, ma non avevamo più nulla da dirci.

Pioveva sempre più forte, e camminavamo in fretta. Sul marciapiede, i tavolini di un caffè erano bagnati di pioggia. I colori dei manifesti sembravano più vivaci, e le lampade elettriche perdevano una luce violacea sopra i ciòttoli delle vie.

Quando, in Piazza Venezia, ci lasciammo, mi disse:

- Forse, non vengo più a mangiare a quella trattoria!

- E, allora, quando ci rivediamo?

Egli non rispose; e salì sopra un tranvai, mentre correva. Da allora, io ho amato quella donna.

Ai bagni

Era di luglio, e mi trovavo da tre giorni a Levanto; annoiatissimo, per non avervi potuto fare nessuna relazione. Ero per tornarmene via e cambiare spiaggia, quando capitò, proprio nello stesso albergo, il mio giovane amico Michele Pagni con sua moglie Cesarina.

E siccome egli, dopo pranzo, dovette andare a Spezia per certi suoi impegni, tornando la sera stessa a Levanto, io gli promisi che avrei accompagnato sua moglie alla stazione.

Intanto, per tenerle compagnia, nel salotto dell'albergo, ci mettemmo a fumare. Ella stava in una sedia a dondolo; io sul canapè, mezzo steso, ma con le gambe in terra. Cesarina faceva dondolare la sua sedia e non toglieva mai i suoi occhi dai miei; quando aveva finito la sigaretta, io glie ne davo un'altra, mettendogliela in bocca; e poi accendevo il fiammifero. Ella, allora, perché io non dovessi scomodarmi troppo, si chinava verso me; avanzandosi in punta alla sedia tutta piegata in avanti; e mi ringraziava con quel suo sorriso così nervoso che, se non fosse stata la moglie di un amico, l'avrei subito baciata. Era un poco magra e pallida; con gli occhi turchini; e, sotto, erano cerchiati di pavonazzo. Non mi ricordo né meno di quel che parlammo; ma, dopo un'ora, eravamo seduti più vicini. Mi disse:

- Che fate qua solo in questo paese?

- Niente!

Ma ella non ci credette; ed io ero imbarazzato a provarle che era vero.

- E non state male così solo?

- Ma certo! Se voi non foste venuta, io stasera sarei andato via.

Tutto il suo viso mi pareva madreperlaceo, e que' suoi occhi, contro luce, lustravano. Ella, forse per farmele vedere, mise le mani su i bracciali della sedia di vimini: le sue mani con le unghie lucide e rosee. Poi, mise una gamba sopra un'altra; e ricominciò a dondolarsi. Io, con il volto proteso verso di lei, il mento appoggiato a una mano, e il gomito sopra un ginocchio, le dissi:

- Stasera, invece, penserò sempre a voi.

- A me da vero?

E mi prese una mano. Io pensai di baciargliela subito; ma qualcuno attraversò l'andito dinanzi al salotto ch'era senz'uscio: mi parve una cameriera. Ella si rimise a dondolarsi, tutta appoggiata alla spalliera della sedia; con le mani sotto le gambe.

Mi disse, pallida e sconvolta:

- Domani, alle undici, venite a trovarmi. Ora, usciamo.

- Ma dove andiamo? Perché non restiamo qui?

Ella si bagnò il labbro di sotto con quello di sopra, si lisciò una gamba; e rispose:

- No, esciamo, esciamo!

Si alzò, e mi parve come esaltata. Io n'ero già innamorato, e credevo perfino di amarla. Mi sarei innamorato di qualunque donna.

Andammo lungo il mare, dove erano i camerini e i bagnanti; e Cesarina pareva che si fermasse a posta vicino ai loro gruppi, di mano in mano che l'incontravamo; per non restare a sola con me.

E quando al Kursaal si accesero i lumi e cominciò la musica, la spiaggia e il mare si fecero deserti. Soltanto qualche barca, che però non era di Levanto; qualche barca che si muoveva come rasente l'orizzonte.

Tornato il mio amico, cenammo tutti e tre insieme; poi, li lasciai. La mia amicizia con Cesarina aveva avuto momenti in cui m'era sembrata già di lungo tempo; in altri momenti (almeno pareva a me) si scopriva tutta la sua superficialità; e allora anche la nostra voce ridoventava estranea, quasi sarcastica, benché sempre molle. Io ero stato compagno di scuola di Michele; ma, da quando aveva avuto il posto di professore di matematica, non l'avevo più visto; e Cesarina m'era stata presentata soltanto pochi mesi prima che io la incontrassi a Levanto, da certi parenti di lui.

Quei tre giorni a Levanto li avevo passati con un crescente desiderio di amare qualche donna, allettato da certe bellissime bagnanti, qualcuna forestiera, che poi la sera ritrovavo nel giardinetto del paese, trasformato in birreria. Elle non portavano calze e andavano in sandali. Quando vedevo un uomo e una donna insieme, io guardavo la donna come se l'uomo non ci fosse stato o avessi potuto mandarlo via a mio comodo.

La mattina dopo mi svegliai pensando subito, e non ad altro, al mio appuntamento. Era, come ho detto, alle undici; e non erano né meno le nove. Mi vestii e scesi. Cesarina e Michele avevano la camera sopra la mia. Andai, dopo aver preso un cognac, non dalla parte dove la spiaggia è tutta visibile come una specie di arco di rena e di ghiaia gialliccia, ma dalla parte opposta dove non ero mai stato. Percorsi due o tre vicoletti, dovetti quasi scavalcare un muricciolo le cui pietre però erano state smosse per poterci passare meglio. Sempre lungo il mare, le cui onde venivano a biancheggiare sul viottolo e a cozzare in una distesa di ghiaia molto grossa, che rotolava in giù quando l'onda si ritraeva, girai uno di quegli scogli che sporgono verso l'acqua, mi soffermai in una piccola insenatura pendente, poi passai un altro scoglio, trovai un'altra insenatura anche più piccola, tutta chiusa dalle rocce intorno come una specie di grotta se non fosse stata aperta sopra la testa dove il macigno della roccia è a picco ed altissimo. Non volendo allontanarmi molto, mi sedei nella quarta insenatura: non potevo vedere che il mare; e nessuno avrebbe potuto vedere me. Alzai la testa: ma di lassù non poteva che rotolare qualche sasso. Sulla ghiaia vidi un piccolo fazzoletto; e soltanto a passarci vicino si sentiva che era profumato. Con un calcio, lo tirai in mare. C'era una luce immensa: il mare era quasi trasparente, calmo, ma le sue onde così bianche e spumeggianti che mi pareva impossibile il turchino potesse cambiare così di colore. Del resto, m'annoiavo: e su quella ghiaia non stavo molto bene. Ma bisognava che facessi l'ora. Sbadigliando, procurai di pensare a qualcosa; ma all'infuori di Cesarina mi pareva che non ci fosse altro. Quando mancò una mezz'ora soltanto, mi alzai perché non avevo più calma: avrei perso il rimanente del tempo al caffè. Ma quando fui per entrare nell'altra insenatura, tornando indietro, un grido mi fermò. Guardai e la vidi quasi piena di donne. Parevano tutte popolane e venute a bagnarsi lì, per non spendere niente. Quelle che s'erano già tolte la camicia, se l'appoggiarono sul petto; quelle che erano per spogliarsi, smisero; un'altra che non aveva niente in mano, si buttò bocconi. Ce ne erano di tutte le età, e saranno state almeno otto. Io tornai a dietro e impaziente gridai:

- Quando posso passare, ditelo. Aspetto qua: non vedo nulla.

Sentii ridere; e, probabilmente, non mi capirono; com'io non avrei capito il loro dialetto. Aspettai un quarto, poi altri dieci minuti. Mi riavvicinai e chiesi:

- Cosa fate costà? Ho bisogno di passare!

Non mi risposero, ma alzarono le voci per parlare tra sé, tutte insieme. Poi, riescii a capire una; che, certo, voleva farsi udire da me; ma senza parlarmi direttamente:

- Siamo senza costume, e, perciò, se non andate via di costà, non possiamo bagnarci.

Io m'infuriai, e mi venne l'idea di passare lo stesso. Ma come potevo fare a suggerire loro questa cosa? D'altra parte avevo paura che qualcuno dei loro uomini avesse poi voluto leticare con me.

Allora dissi che se non volevano farsi vedere nude, siccome io non potevo restare là dietro lo scoglio altro tempo, si rivestissero alla meglio. Io sarei passato; e, poi, si sarebbero bagnate. Prima risero, poi non intesero, poi strillarono, poi dovettero mettersi d'accordo. Quando, persa tutta la pazienza, passai senza chiedere se fossero pronte, le più erano ancora con la camicia tra le braccia come prima. Allora, invece di voltarmi verso il mare, per quanto pensassi all'appuntamento con Cesarina, le guardai tutte. Di mano in mano che ne guardavo una, il suo sorriso smetteva; e le altre non facevano più chiasso. A tutte le rimanenti insenature, successe lo stesso; e io, dietro le spalle, sentivo insultarmi e vociare con collera. Quando riescii ad entrare in paese, era già tardi d'una mezz'ora. Salii, ansimante, tutta la scala dell'albergo, bussai alla camera: nessuno rispose. Accortomi che l'uscio non era chiuso, lo spinsi.

La camera era vuota. Entrai e vidi che c'erano ancora le valigie del mio amico. Che dovevo fare? Aspettarla lì? Il marito era tornato a Spezia per una ripetizione, questa volta, a un alunno che doveva fare un esame. Ma Cesarina dove era? Sarebbe stato bene e prudente chiedere di lei all'albergatore? Non ero nella possibilità di giudicare da me; ma per quanto ne avessi voglia non mi decidevo. Allora, piano piano, escii di camera, e mi misi ad aspettare nell'andito. Gli occhi mi bruciavano, per aver guardato troppo il sole; e sentivo la testa congestionata. Dov'era? Dov'era? Mi veniva voglia di toccare la sua vestaglia, che avevo vista sopra il ferro del letto. Una sensualità improvvisa, piena di sole, mi chiudeva la gola; mi faceva palpitare come se mi fossi spaventato. Era inutile ch'io escissi per andare a cercarla lungo la spiaggia! Come avrebbe fatto Cesarina a tornare a dietro, anche se l'avessi trovata? Mi pareva che fossero di sole anche le pareti dell'albergo, ch'erano perfino sporche e scalcinate invece. Mi girava la testa; mi pareva di sentirmi agitato da una lunga onda, sempre la stessa, che mi moveva avanti e indietro, quasi facendomi cadere. E, in fatti, mi attenni al muro. Quelle donne le rivedevo gesticolare, le riudivo urlare; con una precisione, che m'illudeva. Le loro risa mi straziavano; provavo un odio feroce contro tutto; e specie, non so perché, contro il mare. Sentivo venirmi la febbre, non ci vedevo più. Sarei entrato nella camera di Cesarina, a piangere. Stetti lassù, senza che venisse nessuno, fino a mezzodì. Poi, la fame mi vinse; e discesi, per prendere prima un poco di aria libera e calmarmi e poi per mangiare: forse, Cesarina l'avrei trovata a tavola. Ma, del resto, ella m'aveva dato appuntamento così inattesamente che mi pareva reale soltanto il tempo che si ricollegava, ora, con la mia delusione. Era un'avventura che non doveva accadere, e mai più! Ma, quando l'avrei riveduta, che cosa ci saremmo detti? E pure, ero certo di rivederla: e questa certezza mi faceva piacere! E progettavo già quel che inventare per tenermi in corrispondenza con Michele. Quando ero per escire dall'albergo, un cameriere mi chiamò e mi consegnò un biglietto. Era di lui e diceva: «Mia moglie sarebbe restata a Levanto; ma non avendoti visto in tutta la mattinata, e non sapendo dove tu fossi, s'è decisa a venire a Spezia con me. E siccome non vuole più tornare a Levanto, verrò io a salutarti domani».

Provai lo stesso effetto di un gran colpo su la testa. E, prima che tornasse Michele, fuggii con il treno di Genova.

Il vino

Teofilo Bettarini aveva il viso come una rammendatura, dove era a pena posto per gli occhi. I capelli sempre pettinati e lisci; neri.

Beveva per mandar via la tristezza dei quarant'anni. Non andava alle bettole; ma, dopo mangiato, si chiudeva nella sua camera di scapolo scontento; poi levava l'olio a un fiasco di Chianti, e si sedeva con dignità dopo averlo posato con tutte le precauzioni sul tavolino. Quando aveva fiori, glieli infilava alla rivestitura di stiancia.

Lasciava che il mento gli s'appoggiasse sul petto, per il peso delle lunghe riflessioni; e, di quando in quando, sospirava, alzando gli occhi verso il lume a petrolio fasciato di cartavelina rossa. Ripensava a quel che aveva fatto durante la giornata; poi sputava due o tre volte; ed empiva il primo bicchiere. Lo beveva tutto d'una sorsata, lo riempiva subito, e ribeveva. Soltanto allora gli pareva che il vino gli tenesse compagnia. Ma, per esserne più sicuro, il bicchiere doveva restare sempre pieno; avendolo così a disposizione a pena cominciasse ad accorgersi d'essere solo.

Il terzo bicchiere e i successivi li vuotava metà per volta; con una specie di dolcezza piuttosto cupa; una dolcezza indefinibile, che però cominciava a farlo sognare da vero.

E, allora, si prendeva le mani, se le stringeva insieme; sentendo il bisogno di parlarsi a voce alta.

Egli doventava buono; e si commoveva di qualunque cosa che gli passasse per la mente. Cominciava a ricordarsi della cena: la padrona di casa, un donnone grasso, di una grassezza quasi bella, gli aveva domandato se la minestra era salata come voleva lui. E perciò ora egli ne sentiva tale riconoscenza che avrebbe voluto farla doventare ricca. Era proprio un suo dovere! Lui solo doveva far questo! La mattina dopo, a pena desto. Ma come avrebbe potuto? Non gl'importava di trovare il come; ma doveva fare così.

Non beveva, forse, per lei? Ma c'era anche la donna che veniva a lavare i piatti. O a lei non ci doveva pensare lo stesso? Poi l'amico dell'ufficio che gli aveva regalato mezzo sigaro. Si metteva, allora, a giurare. Sicuro! E giù un altro bicchiere! Com'era buono il vino! Avrebbe baciato il fiasco.

Già da parecchi mesi faceva così, di nascosto.

Una sera, a mezzo fiasco, non riescì più a ricordarsi di quel che aveva pensato prima di riempire il bicchiere. Egli si ostinava a volersene ricordare. Quasi si vergognasse, e gli veniva da piangere. Gli girava un poco la testa. E si sentiva la bocca asciutta.

Allora si alzò, e fece per aprire la porta; perché, forse, parlando alla padrona di casa, gli sarebbe andata via quell'angoscia così malinconica che non la sopportava più. Ma tornò a dietro, e si mise ritto ad una parete.

Poi bevve un altro bicchiere; e cominciò a canticchiare. Gli pareva, allora, che tutti nella casa cantassero, e dall'appartamento di sotto veniva una musica che gli metteva la voglia di ballare; e le voci che ricordava avevano una dolcezza meravigliosa. «Dio, come sono tutti buoni!» Ma la sua tristezza cresceva sempre; con un sapor di rimorso immenso; che non sapeva spiegare. Disse al muro: «Abbracciamoci». E bevve un altro bicchiere.

Ma, ad un tratto, sentì picchiare all'uscio. Era la padrona di casa, Gegia.

- Può entrare!

Ma quella, senza aprire, disse:

- Ero venuta a prendere la giubba, per smacchiarla.

Egli si mise a ridere.

- La giubba! La giubba! Ma entri, se la vuole!

Gegia si fece avanti. Egli s'inginocchiò, le baciò le mani:

- Senta: mi deve dire se con lei sono stato cattivo e se ha da dolersi di me. Creda che, se non me lo dice, mi ammazzo subito. Mi butto dalla finestra.

Gegia si spaventò. Era possibile che all'improvviso fosse impazzito fino a quel segno?

- Com'è bella, signora Gegia!

- Io bella?

- Bellissima. Stasera la vedo bene. Ne sono sicurissimo.

Ella si sforzò di ridere; ma, siccome egli cominciava ad accarezzarla, se n'andò e richiuse lesta lesta la porta. Allora, fu preso da un'allegrezza tale che cominciò a ballettare; tenendosi le mani su i fianchi. In vece Gegia, preoccupata, andò a chiamare gli altri pigionali che stavano accanto: un calzolaio con la moglie e la figliola. E così tutti e quattro si misero ad ascoltare dietro l'uscio.

Teofilo fischiava: s'interrompeva soltanto per bere. Allora, aprirono; perché smettesse di ubriacarsi a quel modo. Avevano deciso di metterlo a letto e di portargli via il fiasco. Ma Teofilo li accolse con una risata, che fece ridere anche loro.

Poi il calzolaio disse:

- Signor Teofilo!

- Sì: è vero: io sono un signore, un gran signore. La sposo io la tua figliola. Dammi la tua figliola.

Con un'occhiata, decisero, per il meglio, di secondare lo scherzo; e Gegia rispose:

- Sta bene, come dice. Palmira, dagli la mano.

Palmira, una sciocarella che ridendo si scoteva tutta

senza smettere più, fece un passo verso di lui.

- Ti sposerò a pena che saranno finiti questi fiaschi di vino.

E il Bettarini, che voleva abbracciarla, giurò che da quella sera si riteneva fidanzato con lei.

Ma, restato solo, si mise a sedere sul letto, riflettendo al suo fidanzamento. Come! Sposava Palmira! E siccome prendeva sul serio quel che aveva detto e non voleva aver moglie a nessun costo, tentò di rivestirsi; per mandare tutto a monte subito.

- Io non la sposo! Non la voglio! Non è brutta, è giovine. Ma che m'importa? E come l'hanno data subito! Che buona gente! Che cuore! Lo sapevo che non me l'avrebbero rifiutata! Ma bada come hanno creduto subito a uno scherzo qualunque! Parrebbe perfino impossibile! Ma è vero, capisci, Teofilo! Ti sei fidanzato! Ma domani fuggo: non mi faccio più vedere. Piuttosto m'ammazzo da vero! Sono venuti in camera a posta! Come stavano là pronti! Signora Gegia! Signora Gegia! Finge di non udirmi: anche lei c'è d'accordo. Ma perché? Piuttosto, bevo un altro fiasco di vino!

Alla fine, si addormentò; mezzo svestito.

La mattina dopo si destò più tardi del solito. Cominciò a bestemmiare e a maledire il vino, quando la signora Gegia picchiò all'uscio per dirgli che era già tardi, e non gli fece nessuna parola su Palmira, come aveva desiderato lui!

Ma la sera, dopo i primi bicchieri, ricominciò ad aspettare che Palmira tornasse; e così, per una settimana intera, quando aveva la sbornia, credeva sempre di essere fidanzato. Alla fine ci pensò anche il giorno; e non distingueva più se era sempre l'effetto dei fiaschi. Perché egli sentiva di aver promesso; e non avrebbe voluto mancare di parola.

D'altra parte, il calzolaio e la moglie cominciavano a dirsi che se il Bettarini avesse fatto sul serio non sarebbe stato un brutto partito; e, per quanto paresse loro troppa fortuna, si proposero di fargliene riparlare.

E cercarono di incontrarlo il più possibile: la moglie del calzolaio, Carolina, andava con una scusa a trovare Gegia quando sapeva che Teofilo era tornato dall'ufficio; e gli domandava notizie della salute, invitandolo a farle visita. Il Bettarini credeva che Carolina aspettasse da lui una conferma definitiva; e, per non passare da ridicolo, avrebbe pagato non si sa che a non vedersela ormai dinanzi tutte le volte che s'era seduto a tavola. Ma pigliar moglie mai! A lui bastava di sentirsi fidanzato quando aveva la sbornia. Era una debolezza, dopo tutto, innocua; e non c'era bisogno che s'incattivissero con lui.

Carolina, vedendolo impacciato a quel modo, prese anche più speranza; e si confidò con Gegia perché l'aiutasse.

Gegia stette tre giorni a riflettere se si trattava di una cosa lecita o no, perché le pareva che ad approfittarsi di un momento d'incoscienza non fosse una buona azione. Bisognava, però, capire se per caso il Bettarini ci fosse stato disposto anche senza sbornia. Perché, per dire la verità, non sapeva spiegarsi quella sua scappata. E, allora, durante un pranzo più lauto dei soliti, gli chiese:

- E alla sua Palmira quando glielo dà l'anello?

Egli arrossì fino alla congestione, tentò di balbettare qualche risposta: ma non ci riescì: abbassò gli occhi e finì di mangiare il parmigiano senza dire più niente. Ma Gegia, tremando dalla paura di quel turbamento che non riesciva a capire, e temendo che le lasciasse sfitta la camera, quando gli portò il caffè gli mise proprio sotto il naso la zuccheriera colma:

- Se n'è avuto a male?

- Io?

E la guardò fisso. Poi riprese:

- Io?

Gegia aveva voglia di sorridere, ma si torse la bocca perché non se n'accorgesse. Ed egli continuò, con una voce doventata infantile:

- Io?

E, poi, con una voce che si spezzò tremando:

- Io?

- Prenda il caffè, e sia tranquillo.

Egli allora le dette un'occhiata così dolce, che le fece battere il cuore. Poi si alzò, cozzando la sedia, che cadde:

- Signora Gegia! Lei mi conosce ormai da parecchi anni. Ho mai detto una menzogna io? Mai. Non per niente ho tra i miei colleghi un rispetto che è superiore ai miei meriti d'ufficio. Mi consigli lei, dunque: se crede che io debba sposare Palmira, benché la mia volontà sia contraria a qualsiasi matrimonio, e benché per me meglio si convenga piuttosto una donna della mia età...

A questo punto, Gegia, sperando in una legittima allusione, si sentì commovere. E lo ascoltò di più. Egli s'interruppe e riprese:

- Dico: piuttosto una donna della mia età... Ma se mi sono compromesso, sono pronto a tutto per il mio onore e il mio decoro. Nessuno potrà dire mai che Teofilo Bettarini ha rifiutato di adempiere un impegno, sia pure che non ci avesse mai pensato. Non ci crede? Vedo che lei non ci crede.

Gegia, non disse né sì né no; ed egli insisté:

- Glielo giuro, glielo giuro. Porti qua un crocifisso: sono pronto a giurare.

- E perché non ha promesso a me quella sera?

Egli rimase esterrefatto.

Ma Gegia arrossì e si chiuse in cucina.

Ascoltando, la sentì piangere. Stette un poco in ascolto, e uscì di casa; per evitare una spiegazione. Quando tornò, la sera, Gegia aveva già mangiato da sola; e trovò tutti i piatti preparati su la tavola; coperti perché non si freddassero.

Anch'egli mangiò da solo; e poi si chiuse in camera; dopo avere atteso in vano Gegia. Non la sentì né meno razzolare.

In camera, tolse l'olio a un altro fiasco; e ricominciò a bere. Ma non ci provava più la stessa dolcezza di una volta: il vino non gli piaceva più.

E perciò, dopo né meno un mese, Teofilo sposò Gegia.

La gallina disfattista

Il signor Demetrio Serti, a cinquant'anni, si era fatto sentimentale. In villeggiatura ci andava perché, dopo cena, quando la digestione gli faceva passare quei deliziosi brividi di freddo su lo stomaco, era certo di provare, stando alla finestra, certe emozioni indefinibili che gli inumidivano gli occhi; e allora, difatti, guardava sopra le olivete come un innamorato, e sospirava.

Per l'appunto, proprio nel caldo del luglio, una sera che aveva invitato gli altri villeggianti e i contadini per festeggiare con un ballo su l'aia quattro giovinotti che dal Piave erano venuti in licenza, un colpo d'aria gli fece gonfiare una gengiva.

Spasimava da battere la testa nel muro, ma impossibile rimandare la festa! Poteva, anzitutto cambiare il tempo; poi, alcuni degli altri villeggianti dovevano tornare in città; e, infine, perché le cose riescono bene quando si fanno a pena dette. C'era la sua figliuola, in vacanze, Paolina, che doveva divertirsi! C'era la moglie! E quei quattro giovinotti non meritavano un poco di affetto? Per una gengiva infiammata farsi deridere proprio da quelli che tornavano dalla guerra? E la patria non contava più d'una gengiva gonfia? Egli lo sapeva, perché portava la cravatta tricolore e nelle dimostrazioni non si risparmiava.

Dunque, dopo aver bevuto alcune tazze di brodo, perché a masticare non gli sarebbe stato possibile, si fasciò con un fazzoletto di seta e con la bambagia, si sciacquò la bocca con il cognacche e poi biascicò un garofano. Egli avrebbe sonato la chitarra; e Berto, uno dei quattro soldati, l'organetto. Bisognava che ridessero per forza!

Quando apparve con lo strumento sotto il braccio, lo accolsero con evviva. Ma egli si mise una mano sul fazzoletto, dalla parte gonfia, scosse la testa; e, ritto nel mezzo dell'aia, cominciò ad accordare. Berto pigiò qualche tasto, ma tutti gli gridarono: - Tu aspetta!

Volevano la chitarra e l'eroico signor Demetrio!

Le donne, specie le serve delle quattro famiglie riunite, provarono come uno strappo giocondo dentro il cuore; e, senza né meno accorgersene fecero qualche passo ballando. Subito i giovanotti andarono intorno a loro chiudendosele in mezzo. Le signorine, guidate da Paolina che strillava anche per dire una parola sola, canticchiarono, un poco sottovoce, un ballabile. Berto esclamò:

- Codesto sarebbe bello da vero, ma qui con l'organetto non lo so suonare.

Una di loro rispose:

- Non importa! Non importa! Ci divertiremo di più se suonerete a modo vostro, come se foste in trincea.

Uno dei soldati rispose:

- In trincea si suonava anche con il fucile!

Le ragazze restarono un poco mortificate, ma avevano creduto di far piacere a ricordare la guerra.

I giovinotti dei villeggianti (c'erano fra essi due studenti e due impiegati) convennero di ballare con le contadine. E allora le signorine, contente, decisero subito di prendersi i reduci. I babbi e le mamme restarono a sedere, chi su le sedie, chi sopra un muricciolo e chi sopra un mucchio di travi. Non ci mancava che cominciare!

Il signor Demetrio provò due accordi, ma mentre tutti s'erano presi per mano, e aspettavano la prima nota per moversi, si sentì fare crac: s'era rotta una corda! Il signor Demetrio, come offeso, disse:

- È l'umidità: lo sapevo che sarebbe stato difficile che tutto andasse bene!

- Ed ora? - gli chiese la figliola, mettendogli una mano sopra una spalla e tenendo un piede alzato.

Alcuni gridarono:

- Suoni l'organino solo!

Berto, che l'invidia della chitarra aveva fatto doventare serio e taciturno, sentì tremarsi tutto dalla gioia: senza né meno rispondere, cominciò una polca; e, per non sbagliare, si accompagnava fischiettando.

I primi balli andarono benissimo: i vecchi si sbellicavano dalle risa; e per ridere si torcevano, mettendo il capo quasi tra le ginocchia. Il signor Demetrio era escito dal mezzo e s'era steso, con la chitarra accanto, sul muricciolo, perché la guancia gli stesse calda. Si esaltava; e, mentre gli altri ballavano come dannati, gridava con quanta voce aveva in gola:

- Viva l'Italia!

Ma, al quinto ballo, e Berto suonava sempre la stessa cosa, qualche coppia sparì: al sesto eran rimasti soltanto una serva e un giovanotto, una signorina e un reduce: il più grullo e il più impacciato. Quelli seduti avevano una certa sonnolenza e una pesantezza dentro la testa, che i ballabili aumentavano sempre di più.

A un tratto, senza saper perché, una delle signore s'accorse che mancavano quasi tutti. Si alzò; e, andando accanto alla moglie del signor Demetrio, le disse, sottovoce, con un'aria di rimprovero:

- Signora Caterina, ma dove sono andati tutti gli altri?

La signora Caterina arrossì, e decise di chiederlo al marito; ma il signor Demetrio s'era addormentato, sognando trincee e battaglie; e quando, destandosi, si stropicciò gli occhi e sentì come una trafitta di spillo nella gengiva, non seppe raccapezzarsi di niente; anzi voleva ostinarsi a dire ch'erano già andati a letto e che perciò erano più furbi di lui. Ma siccome la signora insisteva che si trattava di una cosa quasi indecente, egli fece chetare Berto facendogli un cenno con una mano e mandò i quattro ballerini rimasti in cerca degli altri.

Prima che fossero tutti ritrovati e ritornati su l'aia, era già mezzanotte: i più dissero che erano andati a chiappare le lucciole.

La mattina dopo, però, Paolina aveva un raffreddore forte; e le altre signorine chi più e chi meno, si sentivano poco bene e temevano i dolori reumatici. Dicevano:

- Non siamo buone a niente! Figuriamoci se dovessimo vivere come i soldati!

E si vergognavano.

Ma quella signora, si chiamava Egidia, che aveva fatto notare alla moglie di Demetrio la diminuzione delle coppie, aveva perso una spilla d'oro di quasi seicento lire, diceva lei. Come si poteva fare per ritrovarla? Il signor Demetrio non ci credeva e scoteva la faccia gonfia: la signora Caterina supponeva che l'avesse persa per strada e che dicesse così perché il marito si arrabbiasse meno contro di lei.

Tutti i contadini, interrogati uno per volta, avevano detto di non aver trovato niente, le serve, perfino minacciate, lo stesso. E allora? Per tre giorni non fu parlato d'altro, ma senza resultato. La signora Egidia, che aveva perduto da vero la spilla, s'adirò; e il signor Demetrio ebbe da leticare con il marito di lei; ma Paolina, a malgrado della questione scoppiata, andava scrupolosamente la mattina e la sera a cercare la spilla per conto suo. La vedevano curva, con il mento su la gola e una bacchetta in mano, girare da per tutto; ed ella, quando incontrava uno dei contadini, chiedeva:

- Né meno voi?

- Né meno io, signorina!

Finirono con il sospettare, chi sa perché, uno zio di Berto; ma lo zio di Berto, giurando e bestemmiando, con certe bestemmie che facevano fare ognuna un passo in dietro alla signora Caterina, convinse ch'era innocente; e dovettero chiedergli scusa. Dei reduci non sospettavano: anzi, davanti a loro, nessuno parlava né meno della spilla: tutti, irresistibilmente, sentivano del rispetto dinanzi ai soldati: tutti, dinanzi a loro, si sentivano piccoli. Ma, allora, gli altri contadini cominciarono a dire che se i signori non si fidavano di loro, avrebbero fatto meglio a non invitarli a ballare. Nacque, così, un malumore sordo in tutti, che i villeggianti non erano né meno più salutati. Invano il signor Demetrio, guarito della gengiva, andava pazientemente a prendere gli uomini per le maniche della camicia, e le donne per i grembiuli! Alzavano le spalle e non lo guardavano né meno in faccia. Egli diceva disperato:

- Ma se vi difendo io! È quella strega della signora Egidia, venuta a metter sottosopra anche la casa nostra! Ora per colpa sua non si potrà più né meno mettere su una festa ai vostri figlioli finché sono in licenza! E io che avevo perfino comprato una damigiana di vino, per farla bere a loro una di queste sere! E la mia figliola che con le sue amiche voleva imbandire tutti gli alberi attorno all'aia!

Ma se vedevano il signor Demetrio, i ragazzi scappavano tirandogli i sassi; la signora Caterina piangeva quasi tutto il giorno; e Paolina non s'arrischiava più ad andare sola. Era evidente che tutto quel sacro patriottismo stava passando un pericolo grave!

Dopo quasi due settimane, una contadina trovò, sotto un mucchio di travi, una gallina morta. Ella l'aprì con il coltello per sapere di che male era morta: dentro, pareva sana; e le interiora e il fegato non avevano colori sospetti. Quando fu allo stomaco, vide la spilla.

Era stata lei, dunque, la ladra a far nascere tanti malumori! Rimessasi dalla sorpresa, corse nell'aia; e, gridando di gioia, chiamò tutti quanti intorno a sé. E tutti quanti non staccavano gli occhi da quella carne spezzata e sanguinolente dove luccicava la capocchia della spilla.

Venne anche la signora Egidia, che, convintasi di come stavano le cose e dell'onestà dei suoi amici, fece il viso rosso e non trovava a dire parola. Ma la contadina le disse:

- Come! Per colpa di questa bestia ingorda, non vorrebbe fare la pace?

Il signor Demetrio sentì che toccava a lui; e, inchinatosi alla signora Egidia, la invitò a restare.

Allora, tutte le donne si baciarono, a due a due. La sera stessa fu data la festa ai soldati; e ognuno volle mangiare almeno un boccone di quella gallina, che da vile disfattista era stata punita come si meritava.

La mia amicizia

Mi parve che suonassero il campanello. Mi alzai ed andai ad aprire: non c'era nessuno. Vidi anche che il campanello non era stato mosso. Ma siccome non ammettevo che mi fossi sbagliato, stetti un pezzetto ad ascoltare alle scale.

Da quel giorno odiai la mia casa; e passavo le giornate intere a cercarmene un'altra.

Allora mi venne in mente che avrei potuto andare dal mio amico Guglielmo, che con la moglie stava verso la Via Angelica; dietro i quartieri dei Prati di Castello. Quelle località mi piacevano, tra la campagna e la città.

Quando mi decisi a provare, erano i primi di febbraio; ma una giornata con un cielo anche troppo turchino: mi faceva proprio l'effetto di una tinta che non si è potuta sciogliere bene perché manca lo spazio sufficiente. Le case bianche come il gesso, alte e rettangolari, lasciate lì senza compagnia, avevano ombre verdognole sopra le finestre.

Su l'immenso prato erboso accanto agli avanzi dell'esposizione per il cinquantenario di Roma, calcinacci sgretolati e cenci ad asciugare. Quasi in mezzo al prato, affatto deserto, un uomo, steso bocconi, dormiva; poi, una fontana di cemento, sfasciata, vicino a certi alberelli patiti e secchi. Monte Mario era un poco nebbioso; e, nei suoi colori, tutti i segni dell'inverno. Verso una strada bianca, un branco di pecore con un filo di luce addosso, che accendeva i loro contorni; e, più in là, alta, la cupola di San Pietro. Una tromba suonava stonando, dalle caserme.

Io mi sentivo sempre di più invogliato, giungendo al villino. Credetti che il campanello elettrico suonasse per il contatto dei miei nervi.

Trovai il mio amico Guglielmo a fumare a pipa, steso nella poltrona, con i piedi sopra una sedia; al sole. La moglie era in terrazza; e la sentivo discorrere con non so chi.

- Mio caro - gli dissi - io di casa solo non ci sto più!

Egli mi guardò con i suoi occhi azzurri, da sopra gli occhiali; sorridendo. Io continuai:

- Vengo a stare con te.

- Questo deve essere uno scherzo imaginato bene.

Io gli misi una mano su le ginocchia, e gli dissi:

- Trovo giusto che tu mi risponda così; ma ti voglio

convincere che ho pensato questa cosa sul serio.

Guglielmo, continuando a guardarmi da sopra gli occhiali, smise di sorridere; e ficcò la pipa dentro un recipiente di coccio. Sembrava sbigottito. Io pensai che non fosse un buon amico, al quale potevo ricorrere in caso di bisogno; e mi sentii molto contrariato, quasi offeso. Perciò, gli dissi con più forza di prima:

- Ora si starà a vedere come ti dovrò giudicare. Rifletti bene a quello che mi rispondi; perché io sono capace di vendicarmi, e di trattarti come tu tratti me.

Egli tirò giù le gambe dalla sedia. Allora io cominciai a supplicarlo. Sentivo di volergli così bene che, se avessi saputo di fargli piacere, mi sarei inginocchiato. Ma Guglielmo non capiva il mio sentimento: non se ne curava né meno. Ero proprio afflitto e disperato; e mi sentivo umiliare sempre più. Non avevo parole per fargli intendere tutto il mio affetto e la mia amicizia. Egli mi pareva il più puro e il migliore degli uomini, e non capivo perché mi rifiutasse quel che gli chiedevo. Che amarezza! Metteva forse in dubbio la mia sincerità? Ci voleva molto a rendersi conto che si portava male verso di me? Ma speravo di non dovermi piegare a questa delusione.

Egli chiamò la moglie. Subito io credetti che la chiamasse per contentarmi: non era possibile che anche da lei avessi soltanto un rifiuto, che mi faceva tanto male.

Ma Gina mi parve perfino finta quando disse:

- Signor Giuseppe, non possiamo da vero!

Se ella m'avesse detto che, per dare loro una prova della mia amicizia, mi dovevo far tagliare la testa, avrei obbedito volentieri. Anzi, ero dispiacente che da sé non me ne parlassero. Era così naturale! Io, allora, cominciai a supplicare anche lei, ma il suo viso in vece si faceva sempre più risoluto.

Mi rispose lui:

- Caro Beppe, io non so spiegarmi come ti sia venuta questa idea!

- Se lo vuoi sapere, te lo dirò. Non te lo volevo dire per non annoiarti.

Egli scambiò un'occhiata con la moglie, e mi disse:

- Non voglio sapere delle tue cose intime...

- Ma io per te non ho nessun segreto. Non voglio averne, capisci, con te! Perché tu non puoi mettere in dubbio la mia amicizia...

La signora Gina disse:

- Anche se non ci fossero altre ragioni, mancherebbe una stanza in più per darla a lei.

- Lo so.

- E dunque? Vedi bene, Beppe, che tu ci chiedi quel che non possiamo fare.

Allora, doventai furente. Non era quello il modo di comportarsi con me. E io che avevo sempre creduto alla loro amicizia! Cominciavo ad accorgermi che non bisogna mai confidare troppo in nessuno.

- Ascolta - gli dissi. - Se io sono venuto da te, vuol dire che mi aspettavo di essere accolto in un altro modo!

Guglielmo si alzò dalla poltrona, scosse la cenere che gli era restata tra le pieghe della giubba; e mi disse:

- Piuttosto, son pronto ad aiutarti in tutto quello che hai bisogno.

- Ma io, ora, ho bisogno di questo e non d'altro.

- Non insistere. Se non ti conoscessi da parecchi anni, crederei che tu fossi pazzo.

Questa parola mi fece fare il viso rosso, e non seppi più quel che dire. Ma se, prima ch'egli l'avesse detta, io ero disposto ad andarmene, mi sentii di più ostinato a far valere la mia buona ragione. E se, per caso gli avessi chiesto diecimila lire, perché non avrebbe voluto darmele? Il mio sentimento d'amicizia non ammetteva nessuna differenza tra me e lui. Tanto più che, senza quell'amicizia, io non mi credevo più nulla.

Stavo, appunto, per farglielo capire, quando m'accorsi che la signora Gina aveva sorriso di me a lui, credendo che io non la vedessi. Io lo guardai e gli dissi:

- Non so quel che tu pensi di me. Non lo so.

Egli mi rispose con stizza:

- Né meno io!

Ebbi la certezza che dissimulava; e, perciò, persi ogni rispetto.

La signora Gina era seccata e faceva capire bene che aspettava ch'io me ne andassi; perché non ne poteva più. Ma io, ormai, come affascinato di me stesso, continuai:

- Lasciami dire tutto quello che voglio!

Guglielmo riprese rabbiosamente la pipa, e mi rispose:

- Ti ascolto.

Soffriva: lo vedevo bene. La signora Gina mi disse:

- L'ascolto anch'io.

- Da vero?

- Certamente.

Allora fui invasato un'altra volta, in un modo violento, dalla mia amicizia e avrei voluto trovare le parole più belle.

- È inutile ch'io mi rifaccia da capo, però! - dissi quasi con angoscia. Presi il mio cappello da dove l'avevano messo, ed escii senza né meno salutare.

Quando giunsi a casa, volevo subito troncare ogni amicizia con Guglielmo. E mi misi a letto con una febbre nervosa; con certi brividi che mi facevano saltare.

Il giorno dopo tornai difilato da Guglielmo; e gli chiesi:

- Hai ripensato a quel che mi bisogna?

Mi rispose, quasi adirato:

- No.

Io gli diedi un pugno sul viso, e me ne andai.

Speravo di guarire. Volevo guarire. E in vece sono stato più di cinque anni al manicomio. Ora che mi hanno lasciato perché dicono che sono guarito non ho più voglia di vivere. Sento che forse c'è ancora in me qualche forza di giovanezza; ma io non mi arrischio né meno a lasciare la casa. È come se io fossi stato di legno e ora fossi bruciato; e restasse di me soltanto la possibilità di concepirmi. La gente che conoscevo non ha più nulla a fare con me. Non penso né meno, e comincio a gustare sempre di più la mia idiozia. Perché l'idiozia è una cosa dolce.

Scrivo in un libriccino i sogni che faccio la notte; e cerco di ricordarmeli tutti. Sto lunghe ore a ripassarli, uno alla volta; con una pazienza scrupolosa; abituandomi a questa specie d'esercizio spirituale; all'infuori del quale mi sento insoddisfatto.

Me ne vengono alcuni bellissimi e lunghi.

Non avrei mai creduto che, alla fine, potessi vivere a modo mio, così separato dagli uomini e da tutto il resto; e credo alla mia esistenza soltanto quando sogno.

Il marito

Avevano detto a Mariano che la moglie lo tradiva. Ma egli, che non ci credeva, non rispondeva né meno; scotendo la testa, con un sorriso di uomo furbo e sicuro di se stesso.

- Credete che io me la prenda, se volete scherzare anche su l'onestà della mia moglie? Fate pure, e dite quel che volete. Io non me la prendo da vero! Io agli scherzi ci so stare!

Allora, una volta, anche Quaglia si mise a ridere; divertendosi a guardarlo:

- Credi che anche io te lo dica per scherzo?

- O che mi prendi per uno che non capisce?

- Come credi meglio.

E siccome in quel mentre la moglie tornava con due brocche empite giù alla fonte dell'orto, Mariano la prese per una gamba, per farla inciampare. E le disse:

- Lo senti quel che dicono di te, Càtera?

La donna, per non cadere, si fermò. Era tutta sudata, ma non poteva asciugarsi la fronte con le maniche del vestito, finché non avesse posato quei due pesi su l'acquaio. Sorrise a Quaglia, e rispose:

- E tu non ti vergogni a far dire certe cose di me?

Il marito le lasciò la gamba, ed ella entrò in casa. Poi, tornò su l'uscio, e tutta inviperita si volse a Quaglia.

- Che vi fa di male il mio Mariano? Se io avessi le sue braccia, vi romperei il ceffo. Lasciatelo stare! Perché è un buon uomo, ve ne volete approfittare tutti.

Quaglia sghignazzava, ma ella lo fece smettere; prendendo la granata e battendogliela addosso.

Mariano la guardava; tutto orgoglioso di lei, così risoluta. E si arrischiava ad approvare.

Ora, a tutti quelli che conoscevano Mariano era venuto in proposito di fargli trovare la moglie proprio mentr'era con qualcuno; sul fatto, come dicevano loro. Ma come potevano? Ella era furba quanto tutti loro messi insieme, e poi le volevano bene perché non diceva di no a nessuno, quando la sapevano pigliare con le buone. Per lei era doventata un'abitudine; e a farla smettere se ne sarebbe avuta a male. Per lei era una cosa come se le avessero impedito di far del bene agli altri. Era una specie di mania, che la convinceva a fare il comodo suo e che le faceva piacere. Come poteva smettere se ormai aveva cominciato, e tutti lo sapevano? Le sarebbe parso una vergogna; come se non avesse avuto più da dare un pezzo di pane a un povero. Ed ella stessa difendeva il marito; e voleva anzitutto che gli altri fossero più umili con lui e gli volessero bene. Ella temeva anche che, smettendo, la rifacessero con lui; e si vendicassero troppo.

Le domeniche lo mandava alla messa più pulito degli altri; con una bella ciarpa che aveva imparato a stirargli da una serva d'una villeggiante. E quando sapeva ch'era escito di casa tutto contento e magari che andasse a pigliare una mezza sbornia, allora ella cercava di trovarsi con qualcuno.

Anche Mariano aveva per lei un rispetto che avrebbe potuto chiamarsi ammirazione. Tutto quel che ella diceva era giusto, tutto quel che ella faceva dinotava una saggezza che egli apprezzava sempre di più. Figlioli, chi sa perché, non ne avevano; e i due sposi erano andati sempre d'accordo, proprio tutti i giorni.

Mariano era uno spilungone magro, con le maniche della camicia che gli tiravano e gli facevano male ai polsi quando erano abbottonate, perché gli restavano sempre corte. Anche i pantaloni non gli arrivavano bene fino agli zoccoli. Aveva una faccia che pareva affondata a posta da due fitte dietro la bocca, in modo che il naso appariva anche più lungo di quel che non fosse. Portava i capelli piuttosto lunghi; ed essendo lisci, gli stavano a zazzera su gli orecchi e su le sopracciglia. Le mani così magre che facevano pensare al suo scheletro. Càtera era olivastra, con gli occhi piccoli e neri; con un ciuffo di peli agli angoli della bocca grassoccia.

Una volta, tutti i contadini più giovani del vicinato studiarono il modo perché riescissero a far trovare da Mariano la sua Càtera con qualcuno di loro. Ce lo avrebbero portato magari per forza! Pronti, però, a reggerlo se avesse voluto bastonarla.

Decisero che il più svelto e il più malizioso, il Rossino, andasse con lei, la sera, in mezzo all'oliveta; e gli altri sarebbero andati a prendere lui. Non volevano far saper niente a Càtera, pensando che non si sarebbe prestata alla burla; ma ella, che da certi discorsi e da certi preparativi aveva capito tutto, fu contenta lo stesso; e stette anche lei d'accordo con loro. Si mise a braccetto del Rossino; e, voltandosi in dietro ridendo agli altri, si nascose con lui dietro una pianta. L'oliveta era deserta; ma c'erano tanti grilli che saltavano perfino addosso. La luna si levava allora, come un pezzo di coccio; e il cielo era pieno di stelle cadenti. Nel silenzio della sera si udiva qualche barrocciaio che cantava, forse briaco; poi qualche campana che smetteva quasi subito come se si rompesse; e nient'altro. Gli altri andarono a casa di Mariano, e lo trovarono che, benché avesse già cenato, mangiava una fetta di lardo con il pane. La stringeva così forte che le dita ci facevano i buchi.

- Mariano, sei in casa?

Egli rispose, con la bocca piena:

- Lasciatemi in pace!

- Hai paura che ti leviamo il boccone di bocca? Esci fuori.

- Non esco. Ora deve tornare la mia moglie. Venite dentro voi.

Allora, entrarono tutti insieme. Erano sette o otto; e non facevano altro che ridere. Mariano, vedendoli, doventò allegro subito anche lui.

Uno chiese:

- Dov'è andata Càtera?

- Io non lo so. E che m'importa?

Essi non sapevano quel che dire, benché si fossero consigliati prima. La cucina era brutta. Al muro dell'acquaio, sopra una mensola fatta con una tavola senza piallare, c'era una fila di pignatte; in ordine di grossezza. Al muro più largo, una madonna a colori e un sant'Isidoro dentro una cornice senza vetro. E, vicino, il fucile, a due canne, sempre carico; perché, nel caso avessero sentito i ladri dentro il pollaio, Mariano avrebbe tirato. Ma le cariche a stoppaccio ci stavano da un anno all'altro, con i cani alzati in vano; e il fucile si arrugginiva; finché a Pasqua non lo ripulivano, quando il prete andava a benedire le case. Sopra la tavola c'era un tegame ormai diaccio e vuoto, dove Càtera aveva cucinato mezzo coniglio. La gatta, rosicchiava un ossicino. Mariano disse:

- Mettetevi a sedere.

- No: in vece, vieni con noi nella tua oliveta.

- A fare che? A quest'ora? Non mi moverei né meno se pigliasse fuoco il pagliaio.

- Vieni con noi.

- Io credo che siate briachi fradici. Volete bere dell'altro, piuttosto? Non so dove quella strega della mia moglie ha nascosto il vino, ma piglio la chiave di cantina, e si beve tutti alla botte; finché ce n'è.

Allora, uno disse:

- La tua moglie è con il Rossino.

Mariano lo guardò:

- E che ci fa con il Rossino?

- Vieni a vedere: siamo venuti a posta a prenderti.

- Ragazzi, sono troppo stracco. Ho lavorato tutto il giorno: non mi frastornate.

Tutti sbruffarono dal troppo ridere.

- Vieni sì o no, con le buone?

- Non vengo. Quando torna mi dirà dove è stata. Lasciatela in pace anche lei, povera donna. Sarà andata a mangiar due fichi alla pianta; perché s'è alzata da sedere e aveva sempre fame.

- Ti diciamo dov'è in vece. Vieni a vederla con i tuoi occhi.

- Insomma, ve ne volete andare o no? Lo scherzo dura da troppo, ed è sempre lo stesso. Ora basta. Levatevi di qui. La pazienza finisce anche a me. E rispetto lo voglio anch'io.

Mariano s'era già impermalito; e, drittosi in piedi, anche perché aveva mangiato tutto il companatico, incrociò le braccia. Cominciava a sdegnarsi da vero: gli si vedeva dal viso.

I giovani non sapevano come contenersi, e non riescivano a ridere più. Quasi s'erano pentiti d'aver pensato quello scherzo. Ma allora la presero sul serio, e qualcuno gli disse sottovoce, per provocarlo, qualche mala parola. Ora volevano sul serio che Mariano andasse con loro nell'oliveta, magari a costo di far succedere qualche brutta cosa.

Allora uno disse, arrabbiato:

- Ecco: non ce n'andiamo finché tu non ci dai retta.

Essi dimenticavano completamente lo scopo, per il quale s'erano riuniti e messi d'accordo. Mariano gli rispose:

- Se tu non mi dici la verità, t'apro la testa con la vanga; com'è vero Dio! Dovete farla finita!

- È la verità.

- Andiamo, dunque. Andiamo!

E dette un'occhiata al fucile, il cui scheggiale di cuoio, per portarlo a tracolla, si recideva a forza di stare in vece su al chiodo del muro.

- Il fucile non lo prendere!

- Piglierai, invece, un palo da qualche vite; se ce ne sarà bisogno.

- Io piglio quel che voglio. Oppure affilo la coltella alla pietra; prima di venire.

- Non c'è tempo: è meglio che tu ti spicci.

- Ma mi volete dire, sì o no, perché la mia moglie dovrebbe essere con il Rossino?

- Lo vedrai da te.

- Siete un branco di gentaccia. E non vorrei che mi capitasse qualche dispiacere, a darvi retta.

- La colpa non è nostra.

Egli rispose minaccioso:

- E di chi è?

- Zitto, Mariano.

Lo presero chi per una manica e chi per il panciotto; mentre un altro lo spinse per le spalle. Ma egli disse:

- Fate piano, perché non voglio farmi del male.

Attraversarono l'aia; e siccome egli era scalzo, sentì freddo ai piedi. Pensò se non doveva infilarsi almeno gli zoccoli; ma gli altri seguitavano a tirarlo e a spingerlo. Dentro di sé si pentiva d'aver dato retta, e pensava con dolcezza alla moglie; sperando che si trattasse di una burla, ch'ella non venisse né meno a risapere. Era certo che non ci fosse Càtera nell'oliveta; e, forse, ci avevano portato qualche spauracchio vestito da donna; e dentro di sé cercava d'indovinare quel che avessero inventato, per volersi divertire. Era scontento, ma nello stesso tempo ci provava piacere anche lui; e gli pareva già di fare una lunga risata tutti insieme. Almeno che la moglie, poi, non lo brontolasse! E perciò, pur prestandosi volentieri, camminava di malavoglia.

Giunti al cominciare dell'oliveta, gli altri alzarono la voce per avvertire Càtera e il Rossino. E ricominciarono a ridacchiare. Mariano, fingendo di credere a loro, ficcava gli occhi da tutte le parti e s'atteggiava a irato, stringendo i pugni. Pareva che volesse dire: «Ho capito bene la parte che devo fare? Siete contenti ora? Che ci sarà? Uno spauracchio o una cagna legata?»

Gli altri, che capivano, si sollazzavano anche di più; ed erano impazienti di giungere al punto stabilito.

Ad un tratto, uno disse sottovoce:

- Eccoli là: ci son tutti e due.

Mariano si spinse innanzi; e aguzzò gli occhi, protendendosi con tutta la persona. Sentiva nel cuore non si sa che miscuglio di allegria e di sospetto. E quando credette di avere riconosciuto la moglie, che stava vicina a un'ombra che pareva da vero quella del Rossino, chiamò forte, fermandosi:

- Càtera! Càtera!

Gli altri le fecero cenno che non rispondesse; ma il contadino si volse a loro con mal garbo:

- Se è lei, perché volete che non mi risponda?

E chiamò più forte, mettendosi le mani alla bocca:

- Càtera.

Ella allora, temendo che lo scherzo finisse male, gli mosse incontro; e gli disse:

- Sono io, non aver paura.

Egli rispose teneramente, abbracciandola.

- Lo sapevo che eri tu. E chi c'era con te?

La donna facendogli la bocca dolce, gli disse:

- Il Rossino. Non ci credi?

E, per convincerlo, chiamò:

- Vieni qua anche tu, Rossino!

Tutti erano stupefatti e scornati; perché capivano che ormai non succedeva niente. E lo volevano pigliare a zollate.

Ma egli, ora era desolato ed esclamava piangendo:

- Perché, dunque, quegli impazziti mi hanno fatto venire nel campo al buio?

Càtera si fece risoluta:

- Io non lo so. Lo domando a te. Faresti meglio a non moverti di casa altro che quando te lo dico io.

- Sono giovani, e non hanno cervello.

E poi, volgendosi agli amici:

- Io credevo che mi aveste fatto un bello scherzo da vero. Non siete capaci. Lo dovevo indovinare prima. Ma un'altra volta, lo giuro sul Vangelo, non vi do retta da vero.

E, presa per mano la moglie, li lasciò tutti a dietro. Singhiozzava così forte, anche con la voce, che pareva il guaito di un cane.

Un pezzo di lettera

...Qualche volta, non posso fare a meno delle cose ripugnanti. Mi sento arrossire e ne provo una sensazione di rimorso; ma resisto per essere disgustato quanto è possibile, fino in fondo; finché nella mia anima non pare quasi un sogno.

Tu mi dirai, mia amica, perché scrivo così. Ecco: ricopio qui una lettera che ti avevo scritto l'altro ieri e che non osai mandarti. Ma la leggerai ora...

Ho un appuntamento con quella solita donna maritata, di cui t'ho parlato altre volte. Erano più di sei mesi che non la vedevo perché quella che ci tiene di mano l'avevano mandata via di casa, e non aveva potuto trovarne subito un'altra dove fosse possibile trovarci.

Ora, sta in via del Pignattello, in un casamento dove sono almeno quaranta inquilini, tutti poveri; all'ultimo piano. Non sapevo se era meglio salire in fretta per tentare che non mi vedesse nessuno; o se fingere di esserci stato già un'altra volta. Non ho fatto né in un modo né in un altro; cioè, ho salito quasi di corsa una branca di scale, al pianerottolo dove s'aprono subito due lunghissimi corridoi, pieni di usci. Mi dimenticavo di dirti che questo casamento prima era un vastissimo seminario, e che mi soffermavo per assicurarmi che non scendeva nessuno. Siccome era di mattina e l'aria non ancora cambiata bene, ho sentito ogni specie di odori: latrina, cavolo bollito, lezzo, sudiciume ed altro ancora. M'è venuta la sputarella. Finalmente ho trovato l'uscio.

- Marianna!

- Oh! Entri pure.

Marianna lavava, con uno strofinaccio, una di quelle lanterne che attaccano sotto il carro i contadini.

- Richiuda subito l'uscio.

- Non è venuta ancora?

Ella mi ha fatto cenno di no, sorridendo; e s'è rimessa al suo lavoro.

- La pulisco perché è vergogna restituirla così: me la prestò un contadino, perché feci buio e avevo da attraversare una trave sopra un borro.

Io non ho risposto. Ho guardato com'è la cucina. Siccome siamo al tetto e senza soffitta, da una parte, sopra il focolare, bisogna chinarsi per non battere la testa. Ho dato un'occhiata alla camera, dall'uscio aperto, e ho visto due enormi letti, alti quasi due metri; fatti con materassi sopra due caprette di legno. Tre piccioni beccavano il granturco, sul cassettone, cozzando con la coda, per moversi e girare intorno, una pettinina unta e piena di capelli sporchi. Un pezzo di specchio è appoggiato al muro. Gli orinali non sono stati vuotati.

- Quanti dormite di là?

M'ha risposto, ridendo:

- In quattro! Io, il mio cognato, il mio figliolo e...

- E...

- Perché lo vuol sapere?

- Ho capito.

- E il mio ganzo.

S'è asciugata le mani; e, battendosele sul ventre, ha seguitato:

- E un altro figliolo l'ho qui dentro.

Ho riso anch'io.

- Se la vuole aspettare in camera, ci vada pure. Le porto una sedia. Si metta a sedere!

Sono entrato in camera, facendo paura ai piccioni.

Marianna, togliendosi il grembiule bagnato d'acqua, e accennandomi i letti, m'ha detto:

- Almeno, là sopra, c'è sollo!

Io ho risposto:

- Voi andate in cucina, e state alla finestra. Io mi chiudo di qua: così se viene qualcuno da voi, non mi vedono.

- Ora! Ora! C'è tempo!

Io credo che si sia mezzo spogliata non per cambiarsi, ma per piacermi. Infatti, sbottonandosi il giacchetto, mi guardava fissa e sorridente; perché io le dicessi qualche parola. È così sudicia che quando s'è grattata il collo il sudicio nero e grasso le veniva via; appastellandosi tra le dita.

Ha anche un occhio pieno di cipicchia; che pare catarro. Agli angoli della bocca c'è qualche cosa biancastra e filaccicosa. Le mancano i due denti di mezzo. È andata in cucina; e io, quasi atterrito d'essere qui ad aspettare, mi son messo a scrivere a te.

Ora, ti racconto tutto di mano in mano.

Torna, all'improvviso, con un bicchiere che sarebbe impossibile lavare.

- Vuol bere?

E alzando l'altra mano da dietro il dorso, dove la teneva nascosta, mi fa vedere un fiaschetto. Io rispondo:

- Grazie!

- È buono sa! Guardi che bel colore.

E mesce un vinello torbido, che odora di aceto: l'ho sentito perfino con tutto il puzzo della camera; puzzo, forse, di piedi non lavati.

Il mio stomaco si chiude. E perché scrivo a te che sei l'anima più pura che io amo? Io non lo so. Me lo dirai tu.

Dalla finestra, che pare una gattaiola, vedo soltanto il tetto di una chiesa, un tetto vecchio; e di là, come se non ci fossero altre case, benché ce ne siano parecchie invece, la campagna; che non pare lontana. Vedo, anzi, un pezzo di campagna piena di alberi, vicino ad una strada dove noi siamo stati insieme. E vedo anche il cielo, se m'abbasso e guardo in su.

Ma ho paura che ci sia gente alle finestre di faccia. Sento, giù nella strada, ruzzare i ragazzi e qualche donna che chiacchiera.

Spero che Angelina non venga, perché dovrei salire su uno di quei due letti; che mi fanno lo stesso effetto del letame ammucchiato. Certo, qui non torneremo più. Temevo che su quel letto, anche Angelina m'avesse ripugnato; e che non avessi avuto, dopo, più desiderio di lei, ma ricordavo com'ella si profuma con la cipria, e n'ero eccitato. Si mette un odore che si mescola così bene con quello della sua carne che pare uno solo. Allora, sul letto, è come una rosa che si stropiccia tra le mani; e l'odore della carne si fa sempre più acuto...

Marianna riapre l'uscio, e mi chiede:

- S'annoia? Venga di qua con me.

- Ma ci sentono parlare?

- Oh! Che importa? In casa mia non posso far venire chi voglio?

- E se, poi, vedono salire anche lei?

- La signora Angelina?

- E, poi, sapete che posso essere riconosciuto...

Ella si gratta i capelli con una forcella e mi risponde:

- Faccia come vuole!

- Scusate: bisogna far così per precauzione, e non per altro!

- Dio cristiano, ho capito! M'ero messa a pensare ad una cosa: non mi ero mica avuta a male di niente!

- A che pensate?

- Il fornaio deve avere diciotto lire, e m'ha mandato a far sapere, per il mio ragazzo, che se domani non lo pago, non mi dà più pane. Accidenti!

E si piglia la testa tra le mani.

- Il mio cognato è troppo vecchio; e, in questi giorni, per di più, è piovuto; sicché non ha potuto lavorare. Fa il manovale! Il mio ganzo, anche lui, bisogna che pensi a' suoi fatti. Ci ha un figliolo che lo vuole ammazzare; perché viene da me.

- Ora, prima d'andarmene, vi darò qualcosa io.

- Non ho mica detto così perché lei mi desse qualcosa! Io lo fo per amicizia: è tanto tempo che conosco la signora Angelina.

- Ma io vi darò qualcosa lo stesso!

Ella s'è messa a spazzolarsi le scarpe e io sono rientrato in camera. È passata una mezz'ora già: ho sentito battere l'orologio della chiesa. Mi alzo, e dico a Marianna:

- Scommetto che non viene. È già tardi!

- Accidenti anche a lei! Non è la prima volta che fa così. Che si senta male la sua bambina?

Io richiudo l'uscio, stringendo, con impazienza, il croccino; mi rimetto a sedere, su questa seggiola che a pena sta ritta, e penso: «Se crede di burlarsi di me, sbaglia! Non mi vuol più bene! Non me n'ero accorto quando la incontravo per la strada? Ma è l'ultima volta che le parlo!»

Tuttavia, nella mia rabbia, c'è anche una esasperazione sensuale. Non posso fare a meno di averne desiderio. Angelina entrerà, domanderà sottovoce se ci sono, poi mi verrà quasi addosso; io le bacerò la bocca; lei si discosterà subito e mi dirà:

- Quante volte m'hai tradito?

Io, in quel momento, non me lo ricorderò da vero, in buona fede, e subito la ribacerò; pregandola, in un orecchio, che si spogli... Ella sorriderà, guardandomi, con quella sua aria tranquilla ma così bella e sensuale.

- Mi devo spogliare anch'oggi?

Io le prenderò i polsi e le griderò sottovoce:

- Non mi vuoi bene!

Glielo dirò tante volte ch'ella, perché io non glielo dica più, risponderà senza guardarmi:

- Non è mica vero! In vece te lo voglio.

E, poi, smettendo di slacciarsi, e appoggiandosi con una mano a me:

- Zitto! Chi c'è? Non è mica Marianna sola! Oh, che paura!

Allora finisco io di spogliarla.

Toltasi la camicia, ella ha meno pudore di me. Quasi tutte le donne, o tutte, sono così. Mi dimenticavo che scrivo per te! Il lapis mi ha fatto indolenzire le dita; e perciò interrompo la lettera...

La riprendo.

Sono così contento di scrivere a te! Ormai, Angelina non verrà di certo; ma, ora, più di dianzi, l'aspetto e mi illudo che debba venire. Mi pare perfino impossibile che io sia stato qui solo tutto questo tempo! E pure è proprio così. Suonano le undici: è già un'ora! A mezzogiorno, il suo marito torna a casa e quindi non ci sarebbe né meno più tempo. Che le sia avvenuto? L'ha chiusa a chiave? È andata ad un altro appuntamento? Si è fermata in qualche bottega? S'è ammalata la sua bambina?

Chiamo Marianna, perché sono molto stizzito:

- È un bel modo! Mi fa venire quassù, e lei non si vede.

- Se ne sia dimenticata?

Questa domanda mi fa dubitare che Marianna la conosca meglio di me: avevo già notato ch'ella è molto astuta. In generale, io detesto l'astuzia; ma quando, magari quella degli altri, mi può essere utile, mi fa piacere: è una specie di vendetta giusta che difende la mia fiducia. Tuttavia, rispondo:

- È impossibile!

Ella mi guarda; capisce che c'entra il mio amor proprio; e, a capo basso, dice:

- E allora?

- Io non lo so. Lo sapete voi?

Scuotendo la testa, e pulendosi il naso con le unghie, mi risponde:

- Io né meno.

- Me ne vado, dunque!

- Aspetti un altro poco: se la incontra per le scale?

- È vero: non potrei risalire, per via dei pigionali.

Rientro in camera e mi rimetto a scriverti. Di quando in quando, il puzzo della stanza vince la mia pazienza, e io mi vergogno di star qui; e mi vien voglia di trattare male Marianna. Ma è inutile: il desiderio di Angelina è troppo. Quando richiamo Marianna, bisogna che nasconda il tremito della voce. Ed io guardo questa donna di quarant'anni, sporca e puzzolente, quasi provando piacere. Ella se n'accorge e mi sta intorno, cozzandomi qualche volta. Non vedo i suoi capelli e il suo collo, ma soltanto le calze sdrucite con la pelle scoperta, e allora mi viene la tentazione di alzarle le sottane.

Non so come mi reggo. Ella se n'accorge sempre di più, ride, fa la lasciva; mi picchia sopra una mano. Sento che dopo soffrirei, con una umiliazione terribile: devo fare uno sforzo per nasconderle la nausea che mi fa la sua faccia. Ella ride e aspetta. Mi tremano le mani e non potrei parlarle: o l'uccido o cedo...

Mi distraggo; pensando a te: fra lei e me sento la tua anima. E perché questo bestiale obbrobrio? Se lo risapesse Angelina? È una cosa sozza! No! No! Mi par d'aver in bocca il suo odore disgustoso! Sarà lo stesso che una cagna. Penso a te, continuamente; e, allora, mi pare una cosa ridicola. Penso ad Angelina, e mi vergogno. Ma ho atteso troppo e non so più quel che faccio...

Dio mio! Com'è stato possibile? Mi par d'essere ancora sporco; e quell'odore, ancora su dentro il naso! Non vedrò mai più Angelina. E questa lettera ti parrà pazzesca. Ma se, in quella camera, non avessi pensato a te, vorrebbe dire che io non avrei l'anima che ho. Appunto, tutto quel putridume lercio innalzava la mia anima verso te; e di più sentivo come è meravigliosa e pura la nostra amicizia.

La mia anima respirava dentro la tua, e tutte quelle cose così indegne le insegnavano quanta gratitudine io ti devo. Sei convinta, come me, ch'ero tuo anche allora?...

Elìa e Vannina

Elìa amava la moglie più di quando se n'era innamorato; e desiderava di amarla sempre di più. Era alto e magro, con il volto a fetta, schiacciato dalle parti, con gli orecchi rossi che parevano tutti attaccati; sempre imberbe, benché avesse trent'anni. La moglie, Vannina, era in vece piacente e delicata; ma di una delicatezza sensuale. Quando escivano fuori insieme, egli la guardava continuamente; mentre ella non guardava nulla, e camminava un poco avanti a lui, come distratta.

Tornati a casa, egli le chiedeva:

- Volevi passeggiare ancora?

Ma Vannina, senza rispondergli, andava dritta in camera a togliersi i guanti e il cappello. Elìa la seguiva, e le si metteva vicino, aspettando che dicesse qualche cosa. Ma ella si spogliava, per infilarsi subito la vestaglia da casa. Egli l'aiutava, le prendeva il volto, e voleva baciarle la bocca:

- Ti voglio bene, sai?

Ella lo fissava come per avventarglisi addosso:

- Me lo devi volere.

Una sera, mentre egli le accomodava dietro le spalle il bavero della vestaglia, ella disse:

- Lasciami, perché devo riscaldare la cena. C'è rimasto d'oggi un pezzo di agnello arrosto. Ci aggiunterò l'insalata.

- Vengo in cucina con te.

Vannina si mise al focolare senza aprire più bocca. Ma, quand'egli accese una sigaretta, si voltò e gli disse, con quella falsa dolcezza che fa sentire fino in fondo il proposito e l'abitudine d'imporsi a tutti i costi:

- Aspetta a fumare.

Egli spense la sigaretta e le chiese scusa.

- Tutte le sere devo dirti lo stesso! Perché non vai a fumare su la terrazza?

Egli ci andò; ma, quando fu per accendere un'altra volta la sigaretta, preferì buttarla via, e tornò in cucina.

Fuori, nel cielo, c'erano le stelle che bruciavano come i carboni del fornello; e, nella strada buia, si udiva parlare la gente che passava. Poi, riveniva il silenzio. Elìa, allora, quando era sicuro che sotto non c'era più nessuno, sputava; restando ad ascoltare lo sputo battere sopra il lastrico, dopo aver rasentato il lampione acceso.

Vannina guardava il marito; ma smetteva quando egli aveva voltato un'altra volta le spalle alla finestra. Elìa, quella sera, si sentiva tutto invaso dal suo sentimento; ed ella gli disse:

- Bisogna che ti ricucia una tasca della giubba: ho visto che ti s'è sdrucita. Perché ti s'è sciupata?

- Non so... Forse, a qualche chiodo?

- Non lo sai da vero?

- No: ti giuro che non lo so.

- Allora, vuol dire che non te ne sei accorto, perché certo ti devi essere accostato troppo a qualche chiodo, in ufficio. Hai guardato se nel tuo ufficio c'è qualche chiodo che sporge in fuori?

- Domani ci guarderò, e te lo dirò.

- Bisogna che tu stia attento, perché cotesta giubba te l'ho ricucita un'altra volta.

- Un mese fa, mi pare.

- Pare anche a me. Vieni qua sotto il lume: guardo meglio se si è scucita o se si è strappata.

Elìa si avvicinò, prendendo in mano il pinzo della giubba dove era la tasca; e alzandolo. Ella rovesciò l'orlo della tasca, poi disse:

- C'è uno strappo. Come hai fatto, Dio mio?

Egli sorrise, ma siccome la moglie era tutta agitata e tremante, e si faceva bianca in viso, si pentì d'essere andato a casa con la tasca che ella doveva ricucire.

- Non so né meno se ci ho il cotone di cotesto colore.

- Lo comprerai domani.

- Ma io te la volevo ricucire per domani mattina, prima che tu escissi!

- Mi metterò un'altra giubba!

- E se ti sciupi anche quella?

Vannina lo guardò con una tale paura, ch'egli si vergognò come un ragazzo. E, allora, si sentì timido; e non osò più né meno di starle vicino. Ella stessa, quando ebbe finito di preparare la cena, dovette dirgli che si mettesse a sedere. Intanto egli, udendo passare altra gente, aveva pensato che non poteva andare alla finestra per sputare. Dette un'occhiata alle stelle, e andò a sedersi. Perché non aveva studiato astronomia?

La moglie tagliò l'agnello e fece le parti; poi condì l'insalata. Ruppe il sale tra le dita e lo sparse su le foglie; dove l'olio era restato a gocciole, senza mescolarsi con l'aceto. Si udiva la fiamma del lume a petrolio, che saliva a filo su per il tubo. Ad un tratto, da qualche finestra, buttavano una cartata di avanzi; giù ai gatti, che la razzolavano.

Elìa si sentiva così contento che non osava né meno dirlo. Ma ella, inghiottendo quel che aveva in bocca, senza finire di masticarlo, si pulì le labbra con il tovagliolo, e disse con la voce afflitta che faceva venire le lacrime a lui:

- La cravatta comincia a recidersi. Te la vedranno anche gli altri che non è più nuova!

Egli cercò di guardarsela; ma se la tappava, in vece, con il mento sopra. Allora volle cavarla fuori dal panciotto e sganciarla dietro il colletto. Ella gridò:

- Fermo, fermo! Hai le mani unte! Te la guarderai allo specchio.

- Ma anche lo specchio non fa bene, perché è troppo distante dalla luce della finestra.

- E dove vorresti tenerlo? È un'idea tua, questa! Dove vorresti tenerlo? Dimmelo. Tu hai sempre avuto voglia di ravversare la camera a modo tuo; tanto per fare lo scontento. Ma se levi lo specchio da dove è ora, dove metti il canterano? Come volti il nostro letto? Come si farebbe a passare di lì, per spolverare o per qualunque altro bisogno?

Vannina discuteva con tale sicurezza, ch'egli s'imbrogliava subito, come quando all'ufficio gli parlavano di qualche cosa troppo difficile. Ma sorrise, persuaso di aver detto una sciocchezza troppo grossa; che, prima di addormentarsi, avrebbe cercato di spiegare. Ma la moglie non sorrideva. Con tutto il viso e il collo teso verso lui, gli faceva capire che aspettava in vano una risposta ragionevole. Le si gonfiava certa carne del collo. Poi, alla fine, stanca di quello sforzo, smise.

Elìa, per togliersi d'imbarazzo, cercò di farla doventare allegra. Per solito, raccontava qualche cosa dell'ufficio, oppure si metteva a fischiettare qualche romanza dell'ultima operetta rappresentata al teatro. Gli piaceva molto fischiare a quel modo; e la moglie l'ascoltava con una serietà che mostrava quanto lo apprezzasse. Anche quella sera fischiò, e l'effetto venne; perché ella gli disse:

- Ecco una cosa di cui sei bravo! Fischi così bene!

- Perché ci metto tutta la mia anima. Non vedi che mi commovo?

- Basta, però; perché ti fa male.

- Fischierei tre ore di seguito!

E siccome, per caso, passò un ragazzo cantando, si sentì sdegnare:

- Lo farei mettere in prigione. Ma non senti che sudiceria canta? Quando fischiavo io, era musica da vero!

- Ma tu sei un uomo serio! Ti vuoi paragonare con un ragazzo?

Esultò che la moglie lo sapesse così subito capire; proteggendolo, quasi. Poi, le disse:

- Peccato che né tu né io sappiamo suonare il pianoforte!

Allora, sottovoce, si misero a cantare insieme. Alla fine, egli l'abbracciò, guardandosela come quando se n'era innamorato. No: egli, ancora, in dieci anni di matrimonio, non aveva finito di dirle quanto l'amava! Se fosse stato poeta, come si sentiva nell'anima e come qualche suo collega d'ufficio, le avrebbe scritto un sonetto, ricopiandolo con bella calligrafia e a lettere filettate d'oro. A ogni onomastico suo, ci s'era provato; ma non gli era venuto fuori né meno una parola. Doveva contentarsi di regalarle un mazzo di fiori; e Vannina, per fargli piacere, finché non glielo dicesse lui stesso, lo teneva sempre allo stesso posto nel mezzo del canterano, anche quando perfino i gambi s'erano avvizziti e puzzavano dentro l'acqua. Egli non si doleva che la moglie fosse meno espansiva; perché, secondo lui, non stava bene che le donne facessero capire che amano: dovevano soltanto fingere di lasciarsi amare. Era certo che una donna come lei non l'aveva nessuno. Era sicuro d'aver trovato la migliore e la più onesta; e, quando ne parlava agli amici, faceva sempre ridere con le sue esagerazioni. Arrivava perfino ad assicurar questo:

- Mia moglie sarebbe più brava e più intelligente del nostro capodivisione. Vedreste come filerebbe dritto il ministero!

Egli si faceva raccontare da lei stessa tutto ciò che ricordava di quando era bambina e poi giovinetta; perché voleva amarla anche prima di averla conosciuta. Glielo diceva sempre. Ma, quando ella gli rispondeva, scherzando, che prima di sposarla aveva conosciuto altre donne, la supplicava che tacesse. Diceva:

- Si sa forse quel che si fa, quando non si capisce niente? Che colpa ho io se non ti conoscevo fin da ragazzo?

- Ma se tu non mi avessi conosciuta mai?

- Non è possibile.

- E se io fossi morta quand'ero ancora giovane?

- Non lo dire, perché tu vedi che effetto mi fa.

Ed ella, non per contraddirlo, ma per bisogno di ragionare logicamente, gli presentava altre difficoltà, sempre più debolmente, però: per non affliggerlo e per contentarlo. E perché era superba che egli l'amasse a quel modo.

Con il passare del tempo, egli giunse a tal punto che la moglie doveva suggerirgli qualunque cosa. Senza di lei, non pensava né meno più; e ne era tutto soddisfatto. Un cervello, in fatti, bastava per tutti e due. Si doleva soltanto che anche prima non avessero fatto così; ma anche la moglie pensava sempre di meno, contentandosi delle sue abitudini, che anch'esse, alla loro volta, diminuivano e si restringevano. La vita dei due sposi si attenuava come un dipinto che si scolora. Benché ancora abbastanza giovani, avevano ormai soltanto quegli istinti che resistono fino al giorno della morte: simili alle corde d'un istrumento che si siano allentate.

Erano doventati da vero un'unica persona, con un solo egoismo. Non vedevano che se stessi. Tra loro e il rimanente della vita, c'era una distanza sempre più vasta.

Invecchiando, quell'egoismo era indispensabile a loro quanto il respirare; quell'egoismo fatto delle loro mani, dei loro piedi, del loro stomaco, della loro bocca. Guardandosi negli occhi, ne erano affascinati sempre di più.

Elìa le aveva fatto fare, qualche diecina d'anni prima, un medaglione. Era un medaglione piuttosto piccolo, da spilla, a miniatura, incastonato in un cerchio d'oro. Era per lui la stessa cosa tanto amare la moglie quanto il medaglione. Egli aveva soltanto lo scrupolo di essere infedele ad esso o a lei. Non altro.

La stessa donna

Quando i due amici si rividero dopo tre anni, ebbero quasi vergogna di se stessi: benché si fossero scritti sempre, era

come una riconciliazione timida, che li molestava.

E Raffaello, per tentare l'amicizia di Felice, gli chiese:

- Che hai fatto in tutto questo tempo?

Felice, con un'ostilità involontaria, rispose:

- Lo sai.

E allora ebbero voglia di rimescolare insieme tutti i loro sentimenti. Il tempo della lontananza si scorciava sempre di più, rapidamente. Ma non si dicevano nulla. Stavano bene insieme, e basta.

- Guarda: piove!

Guardarono insieme la pioggia, quasi con gli stessi occhi; e, poi, Felice disse come per fare un confronto ironico:

- Ti ricordi di quando ci ammollavamo per ore intere?

E desiderarono, ambedue, che piovesse; perché avevano bisogno di credere che non si sarebbero separati troppo presto. Felice era stato sul punto di prendere moglie. Raffaello lo sapeva e vi pensava con un fremito di curiosità. Ma felice non voleva parlarne; perché amava ancora. E Raffaello soffriva in vece che non gliene parlasse. Alla fine, chiese:

- Perché non hai preso moglie?

Felice gli strinse una mano e gli disse:

- Un giorno lo saprai.

L'altro lo guardò.

- Lo vuoi sapere subito? Non mi riesce a parlarne con calma, a te.

- Ma le hai voluto bene da vero?

Felice poteva dire la verità, ma sentì che doveva rispondere di no. Egli doveva parlargli di questa donna non secondo la verità, ma secondo quel che in quel momento gli faceva piacere. E gli pareva, perciò, d'essere più buono con il suo amico.

- Io - disse Raffaello - ho continuato sempre la vita che anche tu una volta facevi insieme a me.

E mentì anche lui, perché gli dispiaceva raccontare la verità. Ognuno di loro doveva dissimulare. Ora, la loro amicizia li molestava da vero: era come una sorpresa della loro coscienza. Sentivano che, se fossero stati sempre insieme, avrebbero vissuto in un altro modo. Ma il passato parve loro egualmente dolce e tanto intimo. La pioggia seguitava, sempre più forte; come se avesse avuto fretta di distruggere tutti i loro ricordi che formavano i loro sentimenti. Raffaello tentò di cambiare discorso:

- È bella la città dove ora stai?

Ma Felice pensava troppo al suo amore, e perciò non rispose. Non riesciva più a dimenticarsene; e si alzò, impallidendo. Raffaello disse:

- Anch'io soffro!

- Come ci avvengono le stesse cose! Io capisco che anche tu hai amato.

- Ma ho voluto vincermi.

- E perché non me ne hai scritto niente?

- Perché tu mi parlavi di te, e io non volevo dirti che anch'io ero come te.

- Proprio come me?

Si misero a ridere. Poi Raffaello disse:

- È meglio parlare d'altro.

- Non ci riesce.

Il caffè, dov'erano, s'empiva di gente; che v'entrava per ripararsi dalla pioggia. I due grandi specchi messi alle pareti riflettevano la gente e i tavolini; come se anche essi avessero ripreso a fare qualche cosa; quello che dovevano far sempre. Giacché erano gli specchi di un caffè, pareva che avessero l'incarico di accogliere subito la gente. Alcuni giovani entrarono nella stanza dei bigliardi, e si sentirono poco dopo i colpi dei birilli. A un tavolino, coperto con un piccolo tappeto verde, giocavano a carte; a un altro, sfogliavano i giornali illustrati, fumando. Lungo le pareti verniciate di bianco, stavano i divani coperti di velluto rosso. Nel caffè c'era una certa allegria un poco sommessa.

Felice disse, con un'allegria più nervosa:

- Se io avessi preso moglie, non sarei più tornato a Roma.

L'amico rispose, come si fosse trattato di una bravata:

- Sarei venuto io a trovarti.

Felice, di rimando, come se parlasse chi sa di quali paesi lontani, gli chiese:

- Fino a Bologna?

Allora ci presero gusto, benché con sospetto.

- Certo: qualche volta, avrei avuto modo di venire. Ma chi è, dunque, questa donna che volevi sposare? È una principessa?

Ad un tratto, allora, sentirono che la voce si cambiava:

- L'hai conosciuta anche tu.

L'amico, istintivamente, si vendicò:

- Anche tu hai conosciuto la mia.

Risero tutti e due, ma con una certa paura. Ormai, era certo che si sarebbero detti il nome. Sentivano ch'era male; ma Felice non si tenne:

- Si chiama Ines.

Raffaello ebbe una scossa di rabbia; e disse sottovoce:

- Era Ines?

- Lei.

Raffaello voleva ridere e non poteva. Continuò, invece, a vendicarsi quasi balbettando:

- E non ti ha detto mai che ne ero innamorato io, prima che venisse a Bologna?

Ma Felice era più mite.

- Mai.

Poi si passò una mano su gli occhi, e disse:

- Ora mi sembra un'allucinazione.

Raffaello taceva, esasperato e dolente.

- Bisognerebbe ritrovarla insieme. So che è a Roma.

- Andiamo subito a cercarla.

- Ma, prima, raccontiamoci tutto.

Era come se si aiutassero a rivederla insieme; era come se l'amassero insieme, senza pensare a togliersela l'uno all'altro.

Felice si sentiva come un colpevole; e restarono un pezzo senza potersi parlare e né meno guardare. Credevano anche che si dovesse rompere la loro amicizia; e ciascuno ripensava ad Ines secondo come gli era sembrata. Ma nessuno dei due si figurava che Ines era andata dall'uno all'altro soltanto per il capriccio di farsi amare da due amici così sinceri tra sé. Ella già aveva calcolato di non essere né dell'uno né dell'altro.

Ma anch'ella, più che per civetteria, aveva voluto far questa prova con una certa serietà; quasi con il desiderio di far piacere a tutti e due appunto perché si volevano bene. Quando aveva capito che il sentimento era da vero per comprometterla, trovava il modo di allontanarsi; e tutto per lei restava una specie di amicizia un poco sensuale; senza ch'ella volesse rendersi conto che i due giovani s'erano lasciati prendere da un sentimento molto più profondo e di un'altra natura. Da ultimo se n'era pentita; e desiderava non incontrarli più. Era bionda e magra; e bella quando sorrideva.

Ora, lì, in quel caffè, dove la gente entrava tutta bagnata di pioggia, essi silenziosamente se la competevano per difenderla e per odiarla nello stesso tempo. Raffaello disse:

- Ti riesce a capire perché ha fatto così con tutti e due?

- Io non lo so; ma non me ne parlare.

Felice si sentiva, all'improvviso, pieno di gelosia. E, quando doveva convincersi ch'ella non lo aveva amato di più, soffriva. Egli sarebbe andato a trovarla, ma solo; per farsi amare e per toglierla tutta all'amico. Ma avrebbe voluto toglierla perfino dal ricordo; e questo non era possibile.

Anche Raffaello aveva lo stesso diritto; e perciò si sentiva furioso e ridicolo. Avrebbe desiderato che si trattasse soltanto di un sogno morboso. Raffaello aveva tutto il suo amor proprio sottosopra; si riteneva il più tradito, e perciò era quello che odiava di più Ines. Quantunque, contro la sua volontà, gli piacesse pensare ch'egli l'aveva amata prima di Felice.

Guardando la gente agli altri tavolini; credevano di essere beffati. Si fermarono, perciò, a guardare le bocche che sorridevano; i gesti e i movimenti.

Ma Felice chiese:

- Che colpa ne abbiamo tra noi?

Raffaello avrebbe voluto rispondere male; ma sentiva che non poteva; e, a suo malgrado, dovette essere buono anche lui. E rispose:

- Nessuna.

- Perché, dunque, non ci parliamo più?

- Io credo che abbiamo pensato le stesse cose.

Non riuscivano però ancora a guardarsi negli occhi, perché erano in collera; e bastava che tacessero un poco perché il loro risentimento ripigliasse il sopravvento. Ambedue si sentivano in balìa della stessa cosa cattiva e spiacevole. Volevano mandarla via, subito; e non era possibile.

- Le riparlerai mai più?

Raffaello fu preso da una gran voglia di essere sincero, che lo scuoteva tutto.

- Mai.

- Né meno io.

E, vedendosi negli occhi, capirono che ambedue erano stati afflitti fino in fondo; ambedue volevano togliersi dall'anima questa colpa involontaria. Allora, Raffaello disse:

- Andiamo insieme a casa mia, e bruciamo tutto ciò che serbiamo di lei: lettere, fiori, fotografie, i libri regalati... Vuoi?

Felice non voleva averla amata in vano. Ma acconsentì.

Pagarono e escirono; sotto lo stesso ombrello. Prima, Felice passò dall'albergo, dove teneva le valigie; e prese tutto ciò che aveva di Ines.

Le mani gli tremavano, ma si sforzava di ridere.

In casa di Raffaello misero tutto insieme; sopra un tavolino. Felice cercava di non guardare più; e lasciava fare all'altro. Ma anche l'altro non era più forte; e i suoi occhi s'inumidivano di lacrime. Avrebbe desiderato che fosse stato Felice a buttare tutte quelle cose dentro il caminetto; che ardeva come se aspettasse per fare la fiamma più grande.

- Pigliamo quel che è sul tavolino con le nostre mani insieme.

Felice obbedì; ma, al contatto delle mani di Raffaello, discostò le sue; con avversione. L'altro se ne accorse, e cercò di affrettare. Le lettere e i libri cominciarono a fiammeggiare, dopo aver fatto un fumo denso che esciva fuori della stufa.

- Anche le fotografie?

- Anche quelle.

Le videro tra le fiamme, come se fossero andate a rifugiarsi tra le pagine ancora intatte. Poi, dopo essersi tese al calore, si piegarono; divennero irriconoscibili; si bruciarono, quasi senza fiamma. I libri, con le pagine mangiate dal fuoco, s'appiattivano sempre di più, aprendosi e incenerendosi.

Essi non avevano tolto gli occhi dal caminetto; sentendosi troppo vicini l'uno all'altro.

E quando si fissarono in viso, i loro sguardi erano pieni di odio violento.

Felice, allora, si mise il cappello ed escì; perché ambedue si vergognavano a non avere la forza di uccidere.

La vendetta

Questa necessità di ucciderlo io l'ho percepita da prima come un'idea affatto indipendente da me, una specie di nucleo distaccato e che io potevo isolare anche di più; sebbene fosse capace di procurarmi un malessere diffusamente intimo. Era come una specie di formazione; a cui io non prendevo parte. Una volta mi son sentito invece invaso da una vera vertigine, che era più forte della mia volontà: sono stato sul punto di commettere il delitto, quasi provando il principio di uno svenimento, che mi avrebbe dato giusto il tempo di agire. Sentivo che le mie mani erano per moversi per la forza di un fascino; ma sono stato in tempo a pregare Dio, sebbene sentissi che veramente si trattava per me di una rinuncia che m'avrebbe fatto sopportare uno stato morale molto depresso. Dunque, da questo sintomo, devo convenire che veramente io sono stato capace di effettuare l'omicidio: altrimenti non avrei provato quel deprezzamento involontario di me stesso; nel quale non entra affatto quel che si chiama orgoglio o amor proprio. Ma l'uomo, ne concludo, si trova in certi casi, per i quali non può fare a meno di uccidere. Se non uccide, deve corrompersi; e rassegnarsi a sentirsi per tutto il rimanente della vita capace anche di essere immorale senza rimorso. Quella volta l'omicidio mi parve una naturale conseguenza; ed avendola evitata, per uno spavento morale, quasi per un rimorso preventivo, io non mi sento maggiormente buono, ma piuttosto cattivo; anzi, direi corrotto.

L'omicidio è il mio dovere morale.

Ora sento il ritorno di questa forza sotto la specie di tentazione; ma però non sufficiente a farmi agire. Mi piace, anzi, la sensazione di questa voluttà senza annettervi la necessità di doverla seguire. Ma so che mi dà una melanconia che insiste molto, una melanconia che diviene anche violenta; e che mi strazia, perché non mi sono vendicato.

Allora mi domando perché io voglia contenermi. Ho forse preso a sfruttare quei sentimenti che stanno attorno alla mia anima? E se io compiessi questo omicidio, non smetterei forse di piangere? Ma dopo? Che cosa sarebbe della mia anima, dopo? Sarebbe veramente una soddisfazione, com'ora mi pare? Certo è che la vendetta, agli uomini onesti e forti, è necessaria. Ne abbiamo il diritto; perché nessuno può sapere quanto un uomo onesto e forte ne soffre.

A giornate, io non penso ad altro; senza riuscire mai a distrarmi. Anzi, tutto mi porge l'occasione di dirmi: «Che fai? Perché non ti decidi?»

Certo, io sono straziato troppo. Ma, a quel che sembra, non basta né meno pensare che quest'atto mi riporterebbe all'innocenza dei miei primi anni. Lo sento: ne sono sicuro. Se io uccidessi, doventerei da vero un ragazzo.

Ora, no: questa insoddisfazione agisce nella mia anima in troppe guise, influisce in tutto quel che io faccia. Non c'è un mio sentimento che ne sia immune, anche quelli che sono tra i più delicati e spirituali. I miei pensieri, ora, hanno un'ombra: quella dell'insoddisfazione.

E, per contrasto, certe cose del passato hanno una serenità innocente; che mi spinge a riacquistarla.

C'era in me, questo istinto; o forse è nato fin da quando la mia anima è stata troncata? Io non lo so.

Certo, mi sentirei più uomo rispettabile se avessi già ucciso da vero.

Quegli che io voglio e devo ammazzare è forse un uomo invidioso, cupo, triste, affezionato soltanto alla propria casa; e diffidente di tutto. Questa è l'idea che di lui m'ero fatto prima che mi venisse il desiderio di ammazzarlo. Ora, invece, non saprei né meno quel che ne penso! Ma è bene raccontare come stanno le cose.

Da ragazzo mi chiudevo in una capanna, perché non mi vedesse più nessuno. Sotto di me, il mucchio del fieno pareva che cadesse come quando lo taglia la falce; e il suo odore specie quando non era ancora secco bene, mi piaceva tanto che io con le braccia mi facevo una buca sempre più fonda; e ficcavo giù la faccia per sentirlo tutto, sino all'impiantito.

Se udivo il volo di qualche uccello, allora mettevo gli occhi a uno spacco tra due mattoni; da dove però vedevo soltanto la luce nel cielo. E ridevo di gioia. Quest'uomo, che io non voglio né meno nominare ma che tutti conosceranno quando avrò il processo, una volta mi trovò così in mezzo al fieno. Egli non mi disse nulla; né meno quando s'avvide che m'aveva fatto paura e che cercavo di rassicurarmi. Eppure egli sapeva chi fossi, perché stava come la mia famiglia nella stessa casa! Avrei voluto sempre parlargli di quel giorno, ma egli mi voltava sempre il dorso e poi si divertiva a guardarmi quando io ero già allontanato da lui.

Aveva i capelli riccioli e neri; gli occhi luccicanti.

Quando, molti anni dopo, presi moglie, egli ridacchiava tutte le volte che c'imbattevamo fuori o per le scale. Io mi indignavo e m'arrabbiavo; ma egli non ne faceva nessun conto. Una volta, io ero in casa e credevo che mia moglie non fosse ancora tornata. Perciò, l'aspettavo; seduto sul nostro canapè. La mia gattina saltò giù dalla sedia dove stava a sonnecchiare; e, come faceva sempre, tremando tutta, mi s'arrampicò sopra le spalle e cominciò a leccarmi il collo. Allora, non mi riesciva a farla smettere; né meno se cercavo di tirarla giù per forza, senza farle male però. E se l'avevo costretta a scendere, essa restava ferma dinanzi alle mie ginocchia, a guardarmi con gli occhi aperti e addirittura verdi: dov'era una specie di voluttà profonda e incosciente. Poi, alzando il muso verso di me, metteva le unghie su le ginocchia; e risaliva sopra le spalle.

Impaziente che mia moglie non tornasse, la tirai giù con una stratta; ed essa andò a sbattere contro la porta di cucina. Allora io, pentito, perché da lì continuava a guardarmi, senza sapere se potesse tornare da me, mi alzai per accarezzarla. Chinatomi giù, sentii parlare sommesso in cucina. Aprii la porta, e vidi mia moglie insieme con quell'uomo che io ormai aborrivo con un senso di ripugnanza perfino pazzesca. Io non dissi una parola e stetti immobile a fissarli ambedue con lo sguardo, benché la vista mi si velasse, come non m'aveva fatto mai. Egli, dopo qualche minuto di questo silenzio, si fece alla porta, mi scansò con uno spintone ed escì fuori.

I miei occhi, allora, si empirono di lacrime e mi buttai a piangere sopra il canapè. Quando smisi di piangere avevo deciso, non so con quanta logica di riflessioni, che non avrei parlato mai più a mia moglie. E così feci per tutta quella giornata. Io speravo ch'ella si pentisse e che venisse almeno a giustificarsi; ma tutto era come prima, per lei. E nessuno sforzo mio di mostrarle quanto soffrivo le faceva il più piccolo effetto. Il giorno dopo, quella mia decisione mi era insopportabile; e avrei desiderato troncarla io per primo. Mi doleva il cuore e temevo che mi ci venisse male. Nei miei occhi era restato il pianto rasciutto; e mi bruciavano, dandomi fastidio; e non li potevo chiudere. Per un mese intero, io e mia moglie non ci parlammo. Quel silenzio era terribile.

Quando incontravo il mio nemico, per evitare che io lo vedessi sorridere, abbassavo subito la testa. Perché soltanto a pensare che avrebbe potuto sorridere, mi sentivo scoppiare di vergogna. Il mio stato nervoso non era più come prima: e al cuore sentivo certe trafitte, che mi facevano disperare.

Ma, ormai, credevo che fosse ridicolo dire qualche cosa a mia moglie o chiederle perché quell'uomo fosse stato in casa con lei. Già m'ero rassegnato, e provavo una dolcezza melanconica che mi distraeva abbastanza. Dalla finestra della mia stanza, dove passavo quasi tutto il tempo, vedevo ogni domenica, giù nella vecchia piazza, due saltimbanchi che davano sempre gli stessi spettacoli alla gente uscita dalla messa. Erano un uomo e una donna, forse marito e moglie; vestiti ambedue di una maglia rossa; un poco come il sangue. Siccome la finestra era alta e chiusa, e abbastanza distante, io non udivo nulla. Ma i loro movimenti che facevano ridere gli altri, aumentavano la mia disperazione. Io li guardavo con terrore; come se avessi visto la mia pazzia con sempre più certezza, come un pericolo senza scampo. Quando se ne andavano, mi pareva che la morte mi dovesse schiacciare da sopra la testa.

Ma io ero in grado di sentirmi interamente liberato dalla moglie. E non mi capacitavo perché continuasse a stare con me, se io non le volevo più bene. Tuttavia, non la odiavo; e mi teneva compagnia lo stesso, seguitando a fare tutte le faccende di casa come una volta. Ma io avevo un desiderio enorme di mostrarle che con una altra donna avrei avuto una vita felice; e, benché mi dispiacesse per lei, le davo a capire, più che non fosse vero, ch'io m'ero come innamorato d'una giovane che veniva a fare la sarta su all'ultimo piano della nostra casa. Purché non se n'accorgesse, il mio nemico! Alla fine, dopo qualche mese, io m'arrischiai a parlare a quella giovane; una sera che era più buio del solito.

Ella era figliola di contadini e cominciava allora a ingentilirsi e a vestirsi con più garbo. Per quanto avessi moglie, ella mi disse che mi amava e che le ero rimasto sempre simpatico, fino da ragazzo. Perché ella era della mia età; e mi conosceva benché io non avessi mai fatto caso a lei. Io me ne innamorai da vero, con tutta la mia forza; benché il legame che sentivo ancora con la moglie, che era stato più forte, desse un disgustoso impedimento al mio animo. Io non ero capace, né meno allora, a tradire la moglie! Elisa non aveva mai amato nessuno; ma, quando me ne parlava, mi faceva capire che aveva un gran segreto da confidarmi e che se ne asteneva per non farmi dispiacere. Alla fine, dopo avercela costretta, in un momento di passione, con molte lagrime mie e sue insieme, mi disse che da bambina un uomo era riuscito a sorprenderla mentre era sola: e aveva voluto baciarla. Poi, impaurendola con certe minacce, alle quali ella aveva creduto, era riuscito a farsi promettere che, prima di essere di un altro, sarebbe stata di lui. Io le chiesi:

- E continua ancora a molestarti?

Ella, con un gran singhiozzo che pareva dovesse scioglierle anche la veste, mi rispose in un modo che appena la intesi:

- Sempre.

Mi venne un gran brivido su dalla pianta dei piedi: e volli sapere, a tutti i costi, chi fosse. Ma ella, per paura di lui, mi supplicò che non insistessi. Tuttavia, un'altra sera, dopo avermi fatto giurare che non gli avrei fatto niente di male, perché non si vendicasse peggio, mi disse chi era. I miei occhi non videro più nulla; e l'abbracciai stretta perché mi parve che allora il mio nemico fosse riuscito a entrare anche dentro il mio cuore e la mia carne. Era sempre quell'uomo, a cui io non avevo fatto niente di male, che per la terza volta mi faceva piangere; sconvolgendomi la vita! Il dolore fu più forte di tutti gli altri; e decisi di farmi cattivo e risoluto come lui. E io, un giorno che avrò pianto troppo, l'ammazzerò con il coltello che ho avuto il coraggio di comprare a posta. Ho fatto male a comprare il coltello, ma lo ammazzerò.

Roberto e Natalia

Roberto spalancò la finestra; e una ventata umida gli batté su la faccia, gli entrò sotto le palpebre. Il solito pensiero, rapido più della ventata, gli chiese:

- Sei ben certo di amare Natalia?

Ed egli si mise a scriverle. Scriveva in fretta, perché si immaginava ch'ella leggesse la lettera di mano in mano che gli venivano le parole; e non voleva farla smettere. Alla fine della seconda pagina egli non scrisse più; e stette ad ascoltare, dentro di sé, quel che gli diceva l'amica. Stava come se ascoltasse da vero, pigiando l'unghia del pollice sopra la carta; attento e immobile in tutto il resto della persona. Poi, disse a voce alta:

- Se volete, noi ci vedremo stasera; e ci parleremo.

Ella gli rispose:

- Perché?

- Voglio portarvi un mazzo di rose.

Egli sentì il peso del mazzo e poi gli parve che Natalia glielo togliesse di mano: erano proprio le dita di lei. Allora il suo cuore fu più largo. Ritornò in sé, lesse quel che aveva scritto; e poi riprese la penna. Sentiva una dolcezza così forte che aveva paura gli venisse male. Chiuse la lettera e la portò da sé alla pensione dove stava Natalia. Come tutti gli innamorati, egli aveva paura che venisse voglia a qualcuno di aprire la busta; ed era difficile convincerlo che non avrebbero né meno tentato. Ripensava a quattro giorni innanzi, quando ella era stata alla sua villa; su la collina del Gianicolo. Le parlava tenendo dentro l'acqua d'una vecchia vasca rotonda la cima del bastone; e Natalia, con la punta di un guanto, che s'era sfilato per dargli la mano, toccava lieve lieve le piante di capelvenere. Roberto le disse:

- Perché vuoi andartene?

- Per non avere rimorsi.

Egli impallidì; e le sue guancie si contrassero, mentre i muscoli si sollevavano lungo la linea piatta della mandibola. Ma Natalia gli spiegò:

- Sono troppo più anziana di te. Tu stesso, dianzi, hai detto di avermi visto un capello bianco.

Egli alzò gli occhi alle sue trecce nere; e sorrise; come per dirle che non era vero. Ma non seppe trovare né meno una parola adatta. Non s'arrischiava né meno a guardarla, tenendo gli occhi alla cima del bastone dentro l'acqua. Ma, piegatosi un poco verso il viso di lei, vide i suoi occhi arrossati bagnarsi di lacrime. E il viso colorirsi come quello di una febbricitante. Tutte le volte che la vedeva a quel modo, era incapace di consolarla; ed era costretto quasi a scostarsi da lei. Anche quella volta Natalia se n'avvide e lo seguì, anzi, senza rimproverarlo. Quand'egli finalmente trovò quel che dirle, gli occhi di lei erano tornati asciutti; e il volto era soffuso di un pallore sereno e fermo. E, forse, non ce n'era più bisogno.

Egli ora ricordava ciò; e, dopo aver lasciata la lettera, si sentiva meno colpevole; con la sicurezza che Natalia sarebbe andata a trovarlo un'altra volta.

Anche gli alberi della villa pareva che l'attendessero come lui; con le loro fronde fitte, che chiudevano tutto. Anche la fontana era là; come una colpevole che avrebbe saputo comportarsi meglio; con il capelvenere alto, che tremolava sotto lo spruzzo dello zampillo debole; perché intasato dal tartaro giallo e rosso.

Egli pensò: «Perché non debbo riescire ad amarla come ne ho il desiderio?». E il bel volto di Natalia gli apparve nel ricordo come una risposta. Gli parve di vederla in uno dei loro momenti più buoni e più tranquilli; quando negli occhi di lei c'era tutta la dolcezza dell'aria serena; e dalla sua bocca non escivano che parole soavi.

Ma quand'ella andò da vero, Roberto non era più lo stesso. Ad attenderla troppo, era doventato esigente ed inquieto; ed ella si mise a rimproverarlo. Egli le chiese:

- Perché, dunque, sei venuta?

Subito il viso di lei mostrò un dolore quasi disgustoso. Allora Roberto la trasse a sé; per baciarla subito, su gli orecchi e su la bocca, perché non si allargasse di più quel senso di allontanamento ch'era già tra loro. Ma, per la prima volta, sentì che anche a baciarla era inutile. Anzi, peggio; perché gli parve di fare una cosa stupida e senza senso. Così egli avrebbe potuto mettere le labbra su qualunque oggetto della stanza dove erano. Ella era soltanto la cosa vivente, che respirava come lui, in mezzo alle altre cose inanimate. Ma la differenza era poca. Forse, se si fosse avvicinato al mazzo di rose fresche su la scrivania, si sarebbe scosso di più; avrebbe avuto di più la sensazione di fare una cosa piacevole. Perché doveva amarla? Non c'era nessun motivo. La pettinatura dei capelli gli parve un artificio quasi antipatico; la pelle di lei una cosa meno bella di tante altre. Anzi, non doveva né meno permetterle di farla avvicinare con le mani! L'illusione di tutti gli esseri gli apparve in un modo irreparabile e maligno. Egli non doveva amare né lei né un'altra; ma doveva soltanto capire in che consistesse il senso indefinibile di una bellezza più vasta che si schiariva sempre di più nella sua intelligenza. Egli viveva piuttosto in balia della sua intelligenza e ad essa soltanto doveva credere. Tutta la cura di Natalia per essere più bella, lo irritò: le unghie lucidate, la catena d'oro a un polso, un nastro che doveva essere nuovo, il cappello scelto forse per piacergli di più. Tutta quella roba, che si poteva comprare! Egli pensò ironicamente: «Forse, se si spogliasse!» Ma, guardandola attentamente, continuò: «Né meno allora, perché forse si lascerebbe le calze o le vedrei qualche pettine tra i capelli! E perché io l'amo adesso se qualche anno fa io non la conoscevo né meno? Quand'era bambina, la sua esistenza non aveva niente a che fare con me. Che mi piaccia, non basta perché io l'ami. Io non amo né meno me stesso; ma soltanto le cose che io penso, quando non si riferiscono a quelle presenti; quando non so né meno che cosa siano e non saprei nominarle».

Natalia, accorgendosi ch'egli le era ostile, si alzò subito e andò allo specchio; come faceva tutte le volte ch'era per andarsene. Egli continuò a pensare: «Che si specchi pure. Non mi riguarda. Quando mi vedo io, dov'ella ora si guarda, sono anche più triste».

Ma le vide gli occhi rossi di lacrime come, tre giorni innanzi, alla fontana; e disse a se stesso: «È venuta a piangere! Ora la devo abbracciare; perché smetta».

Si alzò anch'egli, e l'abbracciò. E, istantaneamente, come per un miracolo, la baciò con tutto il suo sentimento sopra il collo un poco scoperto; tra i capelli e il bavero della veste. Allora, di nuovo, fu deluso: «Se le baciassi la veste, sarebbe lo stesso!».

Ma Natalia lo aveva preso con le sue mani larghe, che talvolta gli facevano quasi paura; e allora gli parve che lì, accanto a lei, ci fosse un senso di vastità che non trovava né meno restando solo e dritto, per mezze ore, a guardare con gli occhi immobili l'orizzonte dal balcone della sua villa. C'era lì, accanto a lei, l'appagamento di tutti quei suoi desideri; che sembravano nascere dall'istinto della morte. E disse a se stesso: «Ha ragione lei: io la devo amare».

No: i suoi anni non dovevano restare in una solitudine isolata e arcigna! Non doveva essere sempre intelligente. Doveva fare come tutti gli altri. Dipendeva soltanto da lui, perché Natalia lo amava e non gli chiedeva niente di più. Roberto, ormai, sapeva quel che doveva dirle per avere da lei una risposta piuttosto che un'altra; cioè quella risposta che gli avrebbe fatto piacere ed era conforme al suo stato d'animo. Poteva fare così con tutti. Nessuno era capace a distrarlo o a capirlo, se egli non avesse voluto. Toccava sempre a lui ad avere l'iniziativa di attuare i suoi desideri. Dagli altri egli poteva trarre quel che voleva e bastava. Non c'era mai caso che si stancasse a fare così; perché gli era possibile, per natura, di vedere e di pensare più di tutti gli altri. Specie in certe giornate, i suoi pensieri erano come evidenti e visibili; e lo appagavano. Natalia non era che l'essere scelto tra tutti gli altri; l'essere che gli era capitato; e non di più. L'essere a cui si confidava. Ma, forse, avrebbe potuto confidarsi non a lei soltanto; e, allora, non c'era nessuna ragione che le fosse fedele perché ella lo amava. Infatti, non poteva essere amato anche da altre donne? Egli non viveva soltanto per la realtà del presente; ma c'era anche un'altra realtà eguale a quella: il mondo non era limitato da un giorno qualsiasi e né meno dai suoi gusti personali. Tanto meno dalle circostanze. La realtà era eterna, sempre identica; ed egli la preferiva. Quando gli pareva che Natalia appartenesse a quella specie di eternità, poteva amarla; altrimenti, no. Egli non voleva. Sarebbe stato uno sbaglio. Se tutti e due non fossero mai morti e avessero continuato a vivere come un'eccezione, allora si sarebbe sentito attratto verso di lei. Perciò, essendo giunto a queste riflessioni, le disse:

- Come sei bella!

Natalia ebbe su la bocca un segno rapido di angoscia; e lo guardò.

Ed egli proseguì:

- Perché ti lascio andare via, se ti amo così? Non andartene mai più. Come farò senza di te? Resta con me. Non te n'andare. Ho tanto bisogno di stringermi a te.

E le mise la faccia tra il collo e il petto. Natalia piegò un poco la testa, per tenerlo più chiuso dove s'era messo. Roberto sentiva il caldo della sua pelle, ma quel caldo era meno forte del brivido diaccio che non smetteva mai. Perciò si strinse di più a lei, ed ella piegò di più la testa. Allora, gli parve che un poco della vita di Natalia gli si comunicasse; e non pianse. Ma avrebbe voluto dirle: «Io voglio che tu sia libera. Non voglio che tu sacrifichi a me la tua giovinezza. Lasciami soffrire da solo. Perché io so soltanto soffrire». Ma ella voltò in su la faccia e lo baciò sopra la bocca; e poi gli disse:

- Tu sei come un ragazzo. Non mi lasciare. Come sono fredde le tue mani! Hai un tremito da per tutto!

Roberto le rispose:

- Come ti amo!

- È bene che tu mi ami così.

Egli sorrise con amarezza, e le disse:

- Bisognerebbe che tu non dovessi più andartene. Bisognerebbe che tu fossi libera come me. E tu non fossi costretta ad andartene. Io guardo sempre la tua fotografia di quando eri giovinetta, perché mi sembra di amarti da allora; e che siamo stati sempre insieme. Invece non è vero! Ma come ti avrei voluto sempre bene! Ora che credo al nostro amore, soffro troppo quando penso che non sei libera!

- Ti amo lo stesso!

- Ma anche tra poco le tue mani non mi potranno tenere più.

Natalia gli disse, con dolcezza:

- Non ci pensare!

- Ci penso sempre, invece.

Ma giungeva l'ora che Natalia doveva essere alla pensione; perché, forse, il marito l'aspettava già.

Allora, egli, all'improvviso, capì perché non potevano amarsi quanto avevano bisogno. Non per nessuna paura o per qualche pregiudizio; ma a lui ripugnava amare una donna sposata ad un altro. A Natalia non gliel'aveva mai detto, perché gli sarebbe parso di essere troppo cattivo; ma, d'altra parte, egli non era capace a passare sopra a una cosa simile. Era proprio il suo istinto di amare che glielo vietava. E non riesciva né meno a vincere il disgusto che gli faceva Natalia; sebbene gli sembrasse una profanazione vile e bassa. Egli voleva scuoterla da quella ripugnanza, e non gli riesciva; sentendo che o prima o dopo avrebbe dovuto separarsi per sempre da lei. Perché non gli riesciva ad amarla lo stesso? Egli avrebbe voluto confessarsi a lei; ma sentiva ch'ella non avrebbe potuto capire e si sarebbe offesa. Perciò, quando si sentiva costretto a tacere proprio con lei, aveva voglia di lasciarla. Sarebbe bastato che ella avesse capito com'egli soffriva per questa ragione! Ma ella era inerme contro di lui; ed egli le avrebbe fatto soltanto del male. Come poteva invece Natalia amarlo senza avere gli stessi disgusti? Forse lo amava per consolarsi di non amare il marito; ma questo gli pareva una debolezza antipatica; e non la scusava. Anzi lo faceva irare contro di lei; e il suo amore era contraddetto sempre; senza scampo, senza mai una possibilità di rendere pura la donna come voleva essere puro il loro legame. E perché allora non vi rinunciavano tutti e due? Non era un controsenso che si amassero a quel modo? Egli prevedeva già, inesorabilmente, che avrebbe dovuto lasciarla, rinunciando alla sola donna che gli fosse piaciuta a quel modo. Si sentiva condannato a lasciarla; e ne aveva ribrezzo. Come sarebbe stato meglio ch'egli l'avesse avvicinata come tante altre donne! Ma Natalia era per lui la donna a cui ci si lega per sempre; alla quale si consegna la propria esistenza. La donna che porta l'uomo dove ella vuole; la sola donna che pare bella. Che raccapriccio angoscioso a non averla per sé! Perché non essere certi che resterà nella propria casa per sempre? Roberto ci s'era attaccato con quell'amore che non smette mai; con quell'amore che piglia tutti i sentimenti, facendoli buoni e dolci, perché gli si obbedisce più che a noi stessi. Egli sentiva il bisogno di parlare a lei; come quando, senza la donna amata, si vorrebbe piuttosto impazzire e smettere di essere vivi. Eppure la doveva lasciare! Soltanto a pensarci, gli pareva che un brivido tagliente dovesse risolvere tutto. Quel brivido avrebbe dovuto avere la forza di uccidere: forse il marito, forse Natalia, forse lui stesso. Egli soffriva come quando aveva pensato alla propria morte. E, quando se ne scordava invece, gli pareva di sorridere di gaudio, come si fa nei sogni; e d'avere tra le labbra una dolcezza un poco umida e fresca. Pensando così, egli non osava guardarla; ed aveva orrore di se stesso; quasi disistima. Natalia stava lì, ed avrebbe dovuto essere sua perché si amavano; invece non era sua, ed egli, con l'angoscia mortale, che gli pigliava il cuore, con le mani incapaci a tenerla, la doveva tradire; perché non gli riesciva ad amarla. Ma con quanta devozione le voleva bene, allora! Egli la temeva perfino. Si sentiva indegno di lei; e le sue carezze gli parevano prese ad inganno. Le guardava le belle mani, larghe e chiare; e gli pareva che avessero la forza di mandare via quella ripugnanza disagevole. Glielo voleva dire; e gli veniva da piangere. Era lì, accanto a lui; la poteva piegare a sé, e non bastava. La voleva nascondere, farla vivere dentro la villa. Ed era inorridito che non fosse sua da vero, perché nessun'altra perdita avrebbe potuto colpirlo con maggiore atrocia.

E siccome s'avvicinava la decisione di non rivederla più, per accertarsi ch'era già tardi, come per fare forza a se stesso, guardò verso la finestra. C'era già su le cime degli alberi quel colore che ha il sole quando deve tramontare; e che scoraggia. Ai piedi del Gianicolo, Roma pareva frantumata. Essi sentirono freddo; e stettero accanto senza parlarsi. Allora videro la città come se si sbriciolasse tutta e divenisse un'alta stesa di polvere grigia, un poco dorata e luccicante. Poi, si disfece anche di più; e divenne simile alla cenere leggiera che se ne va. I monti Albani sparirono. Soltanto allora udirono la fontana della villa. Egli disse:

- Vattene: fai tardi.

Natalia prese in fretta i guanti, e si mise il cappello. Quando fu uscita, la sentì ancora muovere per la stanza; e i suoi occhi, aperti nel buio della sera, non la potevano dimenticare.

La capanna

Alberto Dallati, benché ormai non fosse più un ragazzo, non aveva voglia di lavorare. Si alzava tardi e si sedeva al sole, appoggiato al muro; fumando sigarette e tirando sassate al gatto quando attraversava l'aia. La casa era stata fatta su per una salita, in modo che la fila delle cinque persiane era sempre meno alta da terra; e, all'uscio, dalla parte della strada, una pietra murata in piano faceva da scalino.

A quindici anni egli seguitava a dimagrire e ad assottigliarsi; con gli occhi chiari e le ciglia piccole e lucide; la bocca e le dita di bambina; e i capelli come il pelame di un topo nero. Una malattia di petto l'aveva lasciato parecchio gracile; e seduto al sole, divertendosi anche a battere la punta d'un bastone sempre su lo stesso posto, egli pensava cose cattive; e gli ci veniva da sorridere, credendo che qualcuno se ne accorgesse. Quando c'era l'uva, benché suo padre fosse anche proprietario del podere, andava a mangiarla nei vigneti degli altri; e le frutta dove le trovava più belle. Gli restava sempre un bisogno vivo di essere allegro, benché in tutto il giorno facesse quel che voleva; gli restava qualche idea stravagante, che non poteva reprimere. E, allora, gli pigliavano certi scatti di gatto; che graffia quand'uno meno se l'aspetta. Dava noia, da dietro le persiane, alle persone che non conosceva, e non veniva il verso di farlo obbedire per nessuna cosa; specie quando, in una fonte vicino a casa, c'erano le rane; per imparare ad ammazzarle mentre saltavano dentro. D'inverno, in vece, si metteva vicino al focolare, e sembrava tutto disposto a quel che voleva la sua famiglia. Ma, a poco a poco, ricominciava a dire:

- Io non posso sopportare le vostre prediche! Se mi lasciate fare, può darsi che vi contenti; e, se no, conto di non conoscervi né meno.

Spartaco, da padre risoluto, ci s'arrabbiava, ma non gli diceva quasi mai niente. In vece, maltrattava la moglie. Allora, Alberto, dopo essere stato a sentire, in disparte, lo biasimava battendosi le mani sul petto:

- Lei non ci ha colpa. Dillo a me quel che vuoi dire.

Ma il padre, guardatolo, faceva una specie di grugnito; e, bestemmiando contro le donne e la famiglia, se ne andava nel campo a fumare la pipa. Alberto diceva:

- È un imbecille, benché io sia suo figlio. E tu perché non gli rispondi male? Perché ti metti a piangere in vece?

Raffaella, spaventata, allora lo supplicava che fosse buono e si cambiasse. Ella ci aveva quasi perso la salute; e le era venuta sul viso e nella persona un'aria dolorosa. Spartaco, soprannominato Rampino perché piuttosto piccolo e perché camminava come se avesse gli artigli e li attaccasse, guardava, anche parlando, dentro la pipa, e ci ficcava continuamente le dita; e credeva di far del bene alla moglie, abituandola a esser forte. E siccome Alberto dichiarava ch'egli ormai non aveva più bisogno di ascoltare i discorsi di nessuno e che ormai gli s'addiceva il comodo proprio, perché non c'era niente di meglio, ella gli rispondeva:

- Perché non sei buono al meno tu?

Perché, secondo la sua testa, tutti dovevano essere buoni. E anche parlando dei suoi canarini, che Alberto e Spartaco volevano ammazzare, buttando al letamaio la gabbia, diceva:

- Sono tanto buoni!

Il marito l'assordava con le sue grida; come quando domava i cavalli, facendoli correre attorno all'aia; mentre Alberto stava nel mezzo a tenere ferma la fune legata al loro collo. E questa era per lui la sola fatica non antipatica.

Dopo, si metteva un fazzoletto perché era sudato; e andava subito a sedersi dove batteva il sole. Si sentiva già uomo fatto, e pensava a tante cose ch'egli desiderava soltanto per sé. E perciò si proponeva di rendersi più indipendente, liberandosi dal padre e dalla madre. Qualche volta diceva ai contadini:

- Io non so che pretendono da me.

Ma egli si sentiva anche solo; e una grande tristezza gli gravava attorno. Il podere e la casa erano poco per lui. Sapeva che in quelle sei stanze ci si era, da bambino, trascinato con le mani e con i piedi; certe pareti erano restate sciupate dalle sue unghie. Egli sentiva troppo a ridosso l'infanzia; e le voci dei genitori non s'erano ancora cambiate ai suoi orecchi.

Ora egli era già a un altro autunno, senza che avesse fatto niente. S'era abbastanza distratto a vedere vendemmiare, da un podere a un altro; aiutando un poco tutti, anche in cose di strapazzo. Il sole ci stava poco all'uscio della casa, e già c'erano nell'aria i primi freddi.

Una sera, dopo essere stato tutto il giorno con le mani in tasca nel mezzo della strada, in su e in giù, entrò nella stalla, e si mise a guardare i due cavalli che rodevano l'avena. Prese la frusta e cominciò a picchiarli. I due cavalli si misero a scalciare, cercando di rompere le cavezze. Raffaella, che su da casa aveva sentito tutto quel rumore, scese; e vide di che si trattava. Cercò subito di levargli di mano la frusta; ma Alberto, per ripicco, si mise a dare anche con più forza. Raffaella andò a dirlo al marito; che, infuriato, la schiaffeggiò perché non era stata capace di farlo smettere lei stessa; e andò di corsa nella stalla. Senza che Alberto se ne accorgesse, prese un pezzo di legno; e glielo batté dietro la testa. Il ragazzo cadde disteso, insanguinando un mucchio di paglia, che era dietro l'uscio. Spartaco posò il pezzo di legno e stette zitto a guardare quel sangue; mentre i cavalli respiravano forte e non stavano fermi.

Dopo due giorni di febbre, con il pericolo della commozione cerebrale, Alberto scese nell'aia. Aveva la testa fasciata; ma se ne teneva come quando per la prima comunione aveva portato i guanti. Non parlava al padre; che s'era pentito di avergli fatto male a quel modo. Anzi, cominciò a dire a tutti che si voleva vendicare. Guardando la luce, sentiva che anche la sua giovinezza era più larga; e che la sua casa era quasi niente.

Allora egli, per vendicarsi, cominciò a parlare male del padre con tutti i conoscenti di casa. E siccome seppe che stava per vendere una cavalla, andò dal compratore e gli disse ch'era ombrosa e che aveva il vizio di tirare i calci.

Facendo così, egli si sentiva più eguale alla vita; gli pareva di non essere più il solito buon ragazzo che si lascia ingannare e non se ne avvede. Gli pareva di conoscere tutti gli altri e come doveva contenersi. Non era più l'ingenuo, che aveva rispettato tutto e che non si era permesso mai niente. Aveva trovato la maniera di farsi innanzi da sé, senza attendere che passassero gli anni. Si compiaceva della sua malizia e di non avere più scrupoli. Maligno, anzi, doveva essere da qui in avanti. Maligno! Maligno sempre! Gli pareva di sentire che i suoi occhi raggiassero, e che non ci fossero più ostacoli per lui. Credeva di essere doventato forte, e voleva rifarsi del tempo perduto. E siccome voleva fare a meno del padre ed essere più forte di lui, benché ne avesse anche paura, si dette a lavorare; ma facendo quel che gli piaceva di più. E cominciò a coltivare, a modo suo, un pezzo di terreno. Perché guarisse, e temendo sempre che tutto fosse la conseguenza di quella bastonata, non gli dicevano più niente. Invece non guariva; e tutte le volte che vedeva un bastone, sbiancava allontanandosi lesto lesto. Allora lo fecero visitare da un medico, che non capì niente; e rise di Spartaco e di Raffaella. Ma qualche cosa era successo da vero, perché Alberto s'era fatto sempre più irritabile, e non poteva dormire. Avrebbe voluto, prima d'andare a letto, far capire al padre tutte le ragioni che ormai sentiva dentro di sé; ma, quando ci si provava, non gli poteva parlare; e invece avrebbe voluto mettergli un braccio al collo tenendolo stretto a sé. Tuttavia sentiva che qualche cosa di male e di amaro era nel suo destino; e ne era contento. Allora egli faceva su la tavola, con la punta delle dita, certe macchie d'inchiostro che gli parevano cipressi; e gli piacevano perché erano più neri di quelli nei campi. Oppure pensava che una vipera, entrata sotto il letto dalla siepe della strada, gli mordesse un polpastrello della mano o le dita dei piedi, ed egli dovesse morirne in poco meno di una mezz'ora. E perciò, prima d'entrare a letto, guardava in tutti i cantucci. Una volta gli parve di stare capovolto e di cadere giù tra le stelle. Addormentandosi pensava al padre con una intensità acuta, mettendo sempre di più una spalla fuori delle coperte come se avesse potuto avvicinarglisi; sembrandogli di parlare e invece facendo piccoli gridi con la bocca che restava chiusa.

Una mattina, arrivarono tre carri di vino. A ogni barile che portavano giù in cantina egli doveva guardare di quanti litri era e segnarli sopra un pezzo di carta, in colonna, per fare, dopo, la somma. Ma egli non ci riesciva: sbagliava sempre. E non s'accorse quando suo padre, che voleva sapere la somma, gli saltò addosso per picchiarlo. Rialzatosi da terra sbalordito, ebbe voglia di fuggire. Ma a pena egli si moveva, Spartaco con un grido lo faceva stare fermo, ritto al muro della casa. Allora gli venne da piangere. Voleva chiudere gli occhi per non vedere più niente; perché non osava guardarsi né meno attorno. Aveva perfino paura che avrebbe potuto essere un albero e non un uomo; un albero come quello rasente alla casa. Quando, alla fine, Spartaco si scordò di lui, egli poté staccarsi dal muro e nascondersi dentro l'erba. Ma il padre, vistolo, lo minacciò di picchiarlo più forte. Tuttavia la sua voce era dolce: Alberto sentiva nella voce del padre la stessa dolcezza sua. Spartaco gli prese il viso e guardò negli occhi, perché credette che ci fosse entrata la terra. Poi disse:

- Vai a lavarteli alla pompa!

- Ma non c'è niente.

- Non importa. Vieni: te li lavo io: ti farà bene.

Spartaco allora, fece pompare l'acqua e gli rinfrescò gli occhi. Poi glieli asciugò con il fazzoletto. Ma, ormai, il ragazzo si sentiva triste e scoraggiato; benché non avesse più paura di essere un albero, e gli sembrasse di sentirsi crescere, così, mentre respirava. Gli sembrava, in un momento, di doventare grande; e perciò un poco si riebbe.

Spartaco gli disse:

- Non stare così. Vai a ruzzare.

Bastarono queste parole, perché né meno lui pensasse più a quel che era avvenuto. Ora egli voleva stare sempre con il padre; e perché non lo mandasse via e sopra a tutto non gli dicesse di lavorare, cercava di aiutarlo e di farsi benvolere. Quando lo vedeva andare nel campo, egli aspettava un poco e poi si alzava da sedere al sole e lo seguiva, tenendosi a una certa distanza; finché non poteva fare a meno d'essergli vicino se udiva che comandava o spiegava qualche cosa ai contadini.

Una volta, non vedendolo riescire subito dalla capanna, gli venne paura che si fosse sentito male là in mezzo alla paglia. Non era più curiosità! Il cuore gli batteva forte forte, quasi tremando. Attraversò l'aia e scostò l'uscio, perché entrasse la luce dentro. Poi restò su la soglia come allibito: suo padre accarezzava la faccia alla donna di servizio, una giovinetta grassa, che non riesciva mai né a pettinarsi né a legarsi i legacci delle scarpe. Gli venne voglia di gridare e di picchiarli tutti e due. Ma tornò a dietro e si rimise a sedere; senza più la forza di alzarsi. Teneva gli occhi, con la fronte abbassata, all'uscio della capanna; aspettando che suo padre e Concetta uscissero. Dopo un pezzo, chi sa quanto, esci prima Concetta che, rossa rossa, andò in casa; senza né meno guardarlo. Poi venne fuori Spartaco che, accigliato e burbero, andò dritto nella stalla. Alberto aveva paura. Avrebbe voluto rassicurarlo che non aveva pensato niente di male e che gli voleva molto bene; ma non ebbe animo di alzarsi né meno allora. E la sera, a cena, meno che Spartaco era un poco pallido, non si sarebbe capito niente. È vero che i giorni dopo fu di meno parole e non lo voleva più dietro a lui. Glielo faceva capire alzando la voce mentre parlava con gli altri; e Alberto mogio mogio tornava via. Era sempre smilzo e i contadini dicevano che era leggero come il gatto e che anche lui sarebbe stato capace di saltare fino al cornicione delle finestre.

Ma, dopo qualche settimana, la madre gli disse che suo padre aveva stabilito di mandarlo in un collegio a studiare agricoltura; in un collegio molto lontano che egli non aveva né meno sentito nominare. Dopo quattro anni sarebbe stato già capace di amministrare una fattoria. Egli allora, invece di rispondere male, si sentì tutto disposto ad obbedire. E benché Spartaco avesse diffidato sempre finché non lo vide in treno, il ragazzo era quasi lieto di andarsene. Non sapeva né meno se la madre si fosse accorta di niente.

Quand'era per finire il primo anno di collegio il direttore gli disse che doveva partire immediatamente perché suo padre stava male e desiderava parlargli. Alberto lo trovò già morto. Anche Concetta s'era tutta abbrunata e Raffaella parlava con lei come se fosse stata un'altra figliola. Egli, mentre sentiva il pianto dentro gli occhi, aveva un gran rancore invece; e pensava come fare per vendicarsi. La giovinetta era sempre la stessa. Egli, invece, s'era fatto un quarto di metro più alto; s'era perfino un po' ingrassato e gli spuntavano sopra la bocca i primi peli vani. Dire ogni cosa alla madre non gli piaceva; sopra a tutto perché ormai si sentiva un uomo e un uomo non doveva fare a quel modo. Doveva pensarci da solo! La giovinetta gli si teneva lontana e sembrava più appenata per lui che per la morte del padrone. Questo contegno gli piaceva; e il rancore si mutava sempre di più in simpatia. Era una simpatia un poco ambigua; ma non poteva trattenerla. E Concetta, sempre più sicura di questo cambiamento, gli parlava con una voce sempre meno dura e più aperta.

Allora, una volta, avendola vista entrare nella capanna, proprio come quel giorno, egli si assicurò che sua madre non era a nessuna finestra; poi si fece all'uscio e lo scostò, ma più risolutamente. La giovinetta, vedendolo entrare, si fece bianca e stette ferma ad attendere ch'egli dicesse quel che voleva. Era bianca e sudava. Le sue tempie s'inumidivano come se la vena che andava verso l'occhio dovesse doventare senza colore e farsi piena d'acqua. Concetta aveva una bella bocca ed era tanto buona. Che male gli aveva fatto? Egli si sentì come lacerare tutto, con un piacere rapido: in collegio, aveva finito con il desiderarla. Fissandola a lungo, le disse:

- Perché fai la stupidaggine di non dirmi niente, ora?

Ella si rigirò di scatto, per andarsene. Ma egli la prese tra le braccia e la baciò.

Anche lui, finalmente l'aveva baciata! Anche lui, quando era stanco e aveva sudato a domare un cavallo, si faceva portare da lei un bicchiere di vino!